CARMEN BOULLOSA

Treinta años

punto de lectura

D.R. © Carmen Boullosa, 1999

 punto de lectura

De esta edición:
D.R. © Suma de Letras, S.A. de C.V., 2002
Av. Universidad 767, Col. del Valle
México, 03100, D.F. Teléfono 5420 7530
www.puntodelectura.com.mx

Primera edición en México: enero 2003

ISBN: 970-731-007-3

D.R. © Cubierta: Angélica Alva Robledo

Impreso en México

CARMEN BOULLOSA

Treinta años

Fancy is dead and drunken at its goal.
JOHN KEATS

Guárdese de imposibles, porque es máxima
que sólo ha de imitar lo verosímil.
LOPE DE VEGA

A Gustavo Velásquez,
Yolanda del Valle, Luis Ro y Ale.

Y a María Dolores mi hermana,
bajo el mismo chal.

Índice

Delmira traza el mapa a seguir:

1997:
1. El invierno y la gripe

Me di cuenta de que todo tenía que cambiar cuando comencé a imaginar perseverantemente que una epidemia singular de gripe se extendía a diestra y siniestra. Mi imaginación tenía razón de ser en un sentido. El invierno se había prolongado más de lo usual y temprano en las mañanas seguían los veinte grados bajo cero, aunque estuviéramos ya a principios de marzo. El que no se había enfermado de bronquitis y tos, estaba a punto de hacerlo. Pero no era sólo esta dolencia la que no perdonaba a nadie. La gente estaba de tan mal humor que el cielo plomizo se veía todavía más gris porque los rostros eran espejos opacos de la misma grisura. No se encontraba una sonrisa ni por error en algún transeúnte. A la salida de las escuelas, los niños se mezclaban siniestramente dóciles con los silenciosos pasajeros del U-Bahn, confundidos por su seriedad con torvos adultos pequeños.

¡Ah, Alemania, así quién puede quererte! En años similares (aunque ningún invierno fue tan largo y severo), yo había flotado en la tristeza ambiente sobreviviendo sólo con el recuerdo del sol de mi país. Su memoria me llenaba de enojo y fuerza. Yo era en las calles quien caminaba más de prisa, la que hablaba más recio al pedir el pan. Pero ahora mis últimas reservas de energía se desgastaban elaborando una fantasía malsana: el orbe se infestaba de gripe.

No era la imaginada una tremenda y fulminante influenza. Era una gripe nada más; dolor de cabeza y cuerpo, agotamiento, estornudos, flujo incontenible en las narices, escalofríos, flemas y a ratos tos, una tos socarrona que igualaba con su medio tono a los mortales, sin importar constitución ni sexo. Esta gripe era, como todas, contagiosa, y francamente incurable. Los antigripales y antihistamínicos tampoco le hacían mella. El único remedio relativo era la aspirina. Pero pronto dejó de haberla, como dejaron de estar abiertas las farmacias y dejaron de encontrarse cosas mucho más imprescindibles. La gripe sólo era inofensiva en apariencia. No había quien, padeciéndola, pudiera a las dos o tres semanas continuar con su trabajo, ni concentrarse o pensar, ni cargar o hacer el más mínimo esfuerzo físico, ni siquiera un movimiento preciso, o seguir con una rutina, por más relajada que fuera. Todos iban cayendo inexorablemente en una representación, que podríamos llamar viva, de la pereza. Así era cómo, poco a poco —en la fantasía que elaboré para sostenerme contra el abominable invierno alemán— la Humanidad llegaba a su término sin grandes anuncios ni mayores aspavientos, caída en algo que parodiaba una incontrolable melancolía. Se iba acabando poco a poco, como luz que se apaga, como calor que va perdiendo el combustible, hasta que no quedaba nadie, y la palabra FIN se podía leer desde el espacio exterior sobre la superficie de la Tierra.

Mientras afinaba los detalles de la etapa final (¿habría suicidios masivos o la gente simplemente se acurrucaría a solas para morir, tosiendo ahogada en flemas, sin energía alguna?) caí en la cuenta de que todo, para mí, iba a cambiar. Este invierno no me había consolado con píldoras de sol porque —simple, mi querido Watson— pronto tendría que vérmelas en carne y hueso con sus rayos. Mi larga estancia europea había llegado a su fin. Treinta años, Delmira, treinta años.

1961:
2. Presentación de mi familia

Tenía ocho años cuando vi la escena por primera vez. Ella estaba entre la calle y mi persona. Yo estaba en el patio central de la casa, sentada en el pretil de la fuente, mirando pasar a las hormigas sin cavilar siquiera, con la cabeza vuelta miga pura, matando el tiempo.

Al patio se entraba por mi derecha. El pasillo que daba a la puerta se cerraba únicamente al caer la noche. La nuestra era una casa habitada sólo por mujeres —si exceptuamos al hijo de alguna de las nietas o bisnietas de la vieja Luz, que ahora vivía con nosotros, si era vivir estar pecho arriba en una cuna, orinado, zumbando como una boba mosca, sin que nadie le pusiera atención, sobreviviendo casi de milagro—, y cuando oscurecía la sellábamos a lodo y piedra, pero el resto del tiempo vivía con la puerta abierta por completo y el que quería entraba o salía sin dar aviso, como era la costumbre en Agustini. Al llegar la noche, la abuela en persona, con su chal negro a los hombros, verificaba que estuviera bien puesta la tranca.

Lo del chal era un exceso, una afectación inútil. En nuestra tierra hacía a lo largo del año un calor extremoso; las estaciones eran dos, la época de lluvias y la de secas, y si es verdad que al anochecer "llegaba el fresco" (como decíamos), es también cierto que ni en diciembre se ameritaba el chal oscuro, tejido por monjas en remotas latitudes para climas de otra índole, porque también en "el fresco" echábamos mano del abanico.

El chal era como la prueba visible de su dignidad y recogimiento de viuda. Con el chal echado a los hombros, nadie podría dudar de la pureza y seriedad de la abuela. Era una vieja fingida, pero por el chal debíamos creer que lo de la castidad era algo real. Su fingimiento me resulta obvio al hacer cuentas: nací cuando mamá cumplió dieciséis, ella cuando la abuela tenía los mismos, más los ocho míos hacen cuarenta. Decía quejándose que ya no podía con sus pies, pero creo que esta continua cantinela era parecida al chal nocturno, una mera cuestión de amaneramiento, porque caminaba todo el día, iba y venía con una tozudez de joven huesuda sin dar a ver jamás ninguna incomodidad con pie ninguno, que parecería sólo verbal. Jamás la vi tendida en la cama por ningún motivo. Cuando yo despertaba, la abuela estaba ya despierta, vestida, corriendo de un lado al otro, y cuando me iba a dormir seguía igual, con la diferencia de que se había soltado los cabellos largos casi blancos después de haber doblado cuidadosamente su chal, poniéndolo como un gato sobre sus piernas, y de que estaba sentada para que se los peinaran. El color del cabello era el único rasgo de su persona que uno podía realmente atribuir a la edad, pero, aunque llena de canas, su larga y tupida cabellera brillaba de juventud cuando se soltaba la trenza. Entonces, obedeciendo a la rutina como el reloj, yo me acurrucaba en mi hamaca para dormir y mamá ocupaba su mecedora frente a la abuela. Mi nana Dulce, de pie detrás de la abuela, le pasaba por el cabello peines de distintos tamaños, empezando por el más grande y de dientes más separados, usándolos con gran cuidado, mientras la abuela contaba sin parar historias, o, si estábamos en Cuaresma, rezaba interminables rosarios que me ayudaban a dormir menos que las aventuras de mi bisabuelo en la selva, las de su hermano el cazador de tigres, las del tío que era a prueba de balazos, aquella de cuando entraron y salieron los alzados como una nube de polvo que no reparó en el pueblo, la de la Virgen que guardaba en sus doce faldas el nido de serpientes, la de la imagen del Niño Jesús que habló cuando mandó retirarla el gobernador rojillo, casi nunca repitiendo anécdotas, o por lo menos jamás contándolas de la misma manera. En los rezos, las frases saltaban en mis oídos dándome miedo por esto o por aquello, ineficaces para arrullarme, mientras que las aventuras y sucederes (me quedaba muy claro), eran todos asuntos de familia. De cualquier modo, terminaba por quedarme dormida. Pasaron muchos años antes de que pudiera seguir con la vigilia un desenlace, y más todavía para que viera lo que ocurría cuando la nana Dulce dejaba de peinarla, y la abuela paraba de hablar.

En la casa sólo usaban en mí el cepillo, como si se sintieran obligadas a mimarme en algún detalle. Por lo demás, yo era como una niña llegada a esa casa por error, igual que los bebés de la familia de la vieja Luz, que dejaban con nosotros por semanas o meses, sólo que a mí me habían abandonado por más tiempo. Apenas paraban mientes en mi persona. Ni siquiera esos cuentos a la luz de la vela, encendida para alejar a los moscos aunque atrajeran palomillas, eran para mí. Por esto se me permitía hacer lo que me diera la gana, siempre y cuando nadie me estuviera viendo.

El pueblo entero conocía la existencia de los ignorados bebés de la familia de la vieja Luz en la casa. De uno de ellos, que no sé por qué azares del destino terminó de corre-ve-y-dile en donde los Juárez, se decía que jamás había perdido el olor de los orines, y todos estábamos seguros que esto era estrictamente verdad. Con sólo verlo olía a orines, lo que era por otra parte normal, si el día de mercado no había hombre que no se decidiera a orinar en cualquier pared, a simple vista y sin importarle que lo vieran los demás. Tanto se orinaba en cualquier sitio, que nadie les prestaba ninguna importancia a los impúdicos meones; el olor aparecía espontáneo, sin o con la presencia del corre-ve-y-dile de los Juárez.

A la cuna del cuarto de la vieja Luz sé de cierto que jamás se le quitó el olor a meados. Su cuarto olía siempre igual, hubiera o no bebé chirriando. Yo tenía estrictamente prohibido entrar a su habitación. Dormían juntas mi nana Dulce y ella, y era un territorio al que mamá me había prohibido expresamente entrar. Creo que fue la única orden que ella me dio, y la respeté en la medida de mis posibilidades. Nunca he tenido una fuerza de voluntad ejemplar, así que sin decirlo a nadie ni hacer mayores aspavientos entré de vez en vez a revisar el estado de su meado cuarto, donde reinaba un desorden y un desaliño generalizados que no se podía encontrar en ningún otro lugar de la casa, ni siquiera en el único cajón del fregadero donde guardaban las tapas de los frascos rotos, el tenedor que ya no hacía juego, la manija que nadie pudo colocar en el reloj de piso, etcétera. Pero incluso eso parecía estar siempre limpio, a su modo ordenado, mientras que en el cuarto de la vieja Luz se veían las cosas descuidadamente revueltas; la liga, el frasco de crema, el cerillo, la etiqueta suelta, la veladora, el lápiz, sin orden ni concierto, como en la pared el espejo sin marco y la estampa del corazón sangrante de Cristo, enseñado por el mismísimo Jesús, quien con sus propias manos se abría la ropa para que le viéramos expuestas las vísceras, como un animal herido, desollado y milagrosamente vivo, resistente a todos los dolores que fuéramos capaces de infligirle.

Dulce, la nana que se encargaba de mi persona, debe de haber tenido entonces a lo sumo trece años. Ahora que lo pienso, por primera vez advierto lo niña que era, pero entonces yo la veía mayor, y la sabía dura como una áspera piedra. Era una inflexible gendarme entrenada por mi rígida abuela. Trabajaba en la casa desde sus siete años. Sólo durante uno había ido a la escuela; en pocos meses aprendió a trazar en el papel los números, a sumar, a restar, a escribir su nombre y todas las letras, a leer a ritmo deletreante, y con eso se consideraba que sabía más que suficiente. En la casa había aprendido a batir la masa de los tamales, a secar y moler el cacao para el chocolate, que después hacía tablillas mi abuela, estampando las huellas de sus dedos; a preparar la pasta de almendra para la horchata, pelando la semilla con agua caliente y triturándola en el molcajete, y en los últimos años la habían iniciado incluso en el misterio del fuego, porque ya la dejaban a cargo de menear la pasta del jamoncillo en la cazuela de cobre y de cuidar las conservas para que no se fueran a pegar o a pasar del punto de hebra. Todo esto hacía ella mientras yo estaba en la escuela, y si no había clases, mientras me entretenía con la pereza o me enfrascaba en algún libro de los del estudio de Gustavo, porque a mí no me entrenaban para maldita la cosa. Parecía yo la niña ajena a la casa, y ella la nieta preferida. Si me asomaba a la cocina mientras mi nana Dulce deshuesaba la gallina para una cena celebratoria, apenas caía en la cuenta de que yo estaba ahí, me mandaba salir, "vas a tirar un pote", aunque no hubiera nada parecido a un frasco, sólo el molino de manija atornillado en una esquina de la mesa y si acaso algo más el rodillo o las tijeras, "ándale salte ya, vas a quemarte con la estufa", aunque la estufa estuviera muy del otro lado de la enorme cocina, "que te vas a pringar la ropa", mi vestido más sucio que sus mandiles inmaculadamente limpios.

La nana Dulce conocía todos los secretos culinarios de la abuela, de los que ni mamá ni yo sabíamos nada. Ella no era la maestra cocinera, sino la vieja Luz, quien tenía siéndolo cuantos años contaba la edad del tío Gustavo. Siempre fue tan vieja que siempre pareció incapaz de moverse. Cuando llegó a la casa, la recomendación fue "ahí le dejo a esta viejecita; viéndola, usted no daría un peso por ella, pero sabe guisar y le deja las camisas más blancas que nadie". La vieja Luz no podía batir el turrón de las copas nevadas, ni poner sobre la natilla la pala caliente para hacer la leche quemada, ni siquiera sostenerla sobre el fuego para que ardiera al rojo vivo, pero sólo ella hacía siempre ciertas cosas que no dejan, todavía hoy, de sorprenderme, si era una vieja pasa inmóvil a la que a primera vista costaba trabajo encontrarle alguna seña de vida. Era la viejísima Luz, sin duda más que centenaria, quien mataba la tortuga cortándole primero la cabeza, despojándole lo segundo de la concha, para el negro guiso que también sólo ella sabía cocinar; era ella quien destazaba los patos y los pollos y los dejaba sin plumas. Ella quien pelaba a las iguanas vivas. Sólo la vieja Luz hacía las gorditas de frijol, la mejor sopa de lentejas del mundo, con rodajas de plátano macho y tiras de chorizo y longaniza, los frijoles refritos que ameritaban condecoraciones (cuya

26

gloria conseguía a punta de agregar aceite en cantidades fabulosas), las pellizcadas de chicharrón, el albondigón pintado con una pizca insignificante de caramelo, el pollo almendrado, el flan esponjoso, las impecables chuletas al vino tinto, el queso relleno con dos salsas de dos colores y sabores, ahuecado con la punta de una cuchara que ella no dejaba nunca salir de la cocina, cuyo filo, capaz de rebanar la lengua, habían limado hasta la peligrosidad los años. La vieja Luz casi no podía caminar, aunque —al contrario de mi abuela— siempre decía que estaba muy bien, que nunca se había sentido mejor. La vieja Luz era incapaz de quejarse de nada. Sentada en su silla de palo, pasaba horas trabajando con sus deformes manos, equidistante entre el fregadero y la estufa, con una cazuela cerca del pie derecho y una cubeta de metal con agua limpia del lado izquierdo. Y cuando había terminado todas sus labores, como una niña chiquita, se ponía a palmear con los dedos bien separados, mientras entonaba canciones (con las que debiera haberse ido, en cambio, a arrullar al bebé en turno que chirriaría invariablemente en su cuarto), canciones con las que festejaba mi aparición en su rincón de la cocina, en un sonsonete muy suyo:

Tengo aquí a mi nena Delmira,
venga a mí que es dulce mi niña,
pellizquetes tengo y arrullos,
¡aquí están tus caramelos de miel!,

canción que terminaba con la repartición obligada del caramelo forrado en papel brillante negro con una vaquita blanca y que era anunciado fuera del ritmajo de los otros versos de la cocinera Luz, cada día más encogida y diminuta. Si mi nana Dulce presenciaba la escena, requisaba el caramelo "para después de la comida", un "para después" que se cumplía por cierto muy pocas veces. Sospecho que mis caramelos terminaban en la boca de Dulce.

De seguro estaba la vieja Luz en su silla de palo la tarde que cuento, pero quién sabe qué estaría haciendo mi nana Dulce, si preparando algo en la cocina o apresurándose para emprender alguna diligencia comandada por la abuela, mientras yo observaba, sentada en la fuente del patio, el afán de las hormigas. De pronto, no sé por qué, alcé la vista del pretil de piedra donde estaba sentada y la vi. La puerta de su habitación estaba entreabierta, había suficiente espacio como para que mi ojo pudiera inspeccionar. Uno de los balcones que daban a la calle estaba abierto de par en par. Al fondo, la caída del sol pintaba el cielo de rosa luminoso. Los bustos de los transeúntes que pasaban frente al balcón y la silueta de mamá se recortaban con claridad y transparencia. A ella pude verle, no sólo sus largos cabellos sueltos, también con todo detalle la ligera prenda que vestía, como si la estuviera tocando, un largo camisón de fino lino que agitaba la corriente de aire, marcándole el cuerpo como una segunda piel meneada con ligeros ataques de risa. Mamá acomodó a su lado el aguamanil de metálica y única pata. Cayeron varios goterones al piso.

Su habitación estaba medio metro más arriba que el nivel de la calle, tal vez por esto el chiflón le alzaba de abajo hacia arriba el ligero camisón, dejándole al desnudo sus lindas pantorrillas. Mamá era toda redondeces, como lo soy ahora yo. Nosotras dos no tenemos ángulos en el cuerpo, pero tampoco somos gorditas. El que nos trazó (un dios chaparro, sin duda, porque nos hizo a las dos demasiado bajas) desconocía la línea recta. Como yo estaba sentada en el pretil de la fuente, ella y yo estábamos a la misma altura. La gente seguía pasando a sus pies, sin detenerse a observarla. Mamá alzó con su mano izquierda el camisón. El cielo se tiñó de rojo encendido, iluminando de una manera más cálida el caer del día, y yo sentí, inspirada por la tonalidad del atardecer, cómo mamá vació con la mano derecha la jícara de agua sobre el negro triángulo de su sexo. Dejó el recipiente y recogió el agua que resbalaba por los muslos subiéndola otra vez hacia su sexo. Lo repitió una y otra vez. El agua parecía caer lentísima. Mamá se encorvaba y echaba la cabeza atrás, alternativamente, con la gracia de una bailarina. Estaba pegada al balcón, y no parecía preocuparle que la vieran desde la calle en una actividad tan vergonzosamente íntima. Vaya que era bella, pero esto no le daba derecho a mostrarse desnuda y haciendo algo de todo punto inconfesable. Alguno que otro de los que pasaban parecía echarle una ojeada con el rabillo del ojo, y seguía sin alterarse su camino. La única escandalizada era yo.

La hamaca que había entre nosotras dos, adentro del cuarto de mamá y un poco a un lado, se meneó. Ella no se había movido de lugar. La puerta que me dejara verla se cerró azotándose en mis narices. Una alarma sonó en el centro de mi cabeza: "hay alguien con ella".

Corrí a buscar a la abuela porque no supe qué otra cosa hacer y algo no me dejaba contenerme. El rojo del cielo se había traspasado a todas las cosas, y el mundo entero parecía arder. Las hormigas que había estado observando parecían subir por mi garganta. No oía ningún insecto aunque era la hora en que el mosquito reina, porque adentro de mí todo zumbaba. Encontré a la abuela sacudiendo el colchón de

30

la cama de su habitación, golpeándolo con un vigor de muchacha. Le dije: "mamá no está sola, abuela, venga, córrale porque le van a hacer algo horrible", y la abuela corrió atrás de mí, todavía sin su chal echado a los hombros aunque la noche se acercara a pasos rápidos. Corrió y me rebasó. Entró al cuarto de mamá como una tromba. El balcón que daba a la calle seguía abierto de par en par, y mamá estaba tendida en la hamaca, con el cabello suelto, el camisón medianamente recogido, y las piernas brillantemente mojadas. Tenía los párpados entrecerrados. No había con ella nadie más. La abuela tomó el cáñamo que usábamos para bajar la fruta de los árboles del jardín, y que mamá guardaba en su cuarto como un tesoro, y con él empezó a golpearla, llamándola "¡desvergonzada indigna!", mientras mamá le decía "¡qué te pasa, mamá, qué tienes, me vas a romper la vara, es la de los mangos, no seas así!", pero la abuela no dejó de golpearla hasta que la vara se quebró, y le dijo con un grito estentóreo:

—¡Conque no estabas sola!

—Sí estaba mamá, con quién iba yo a estar, aquí he estado sola toda la tarde, encerrada...

—Dice la niña que no estabas sola.

Mi mamá echó sobre mí dos ojos entreabiertos.

—¿Viste a alguien, o por qué dijiste eso que es mentira?

31

—No vi a nadie, pero clarito vi que se meneó la hamaca, y que la puerta se azotó... —Mis palabras me despegaron sus terribles ojos que fueron a agacharse serviles ante la abuela.

—Fue el viento, mamá, se lo prometo. ¿Con quién iba yo a estar?

La abuela me miró entonces con ira. Tal vez era la primera vez en toda mi vida que me clavaba la mirada.

—¡Pilguaneja! —me gritó, con todo lo que daban sus pulmones—. ¡Te rompería la crisma! ¡Pero en ti no gastaré jamás ni una sola de mis pocas fuerzas! ¿Oíste? ¡Pedazo de persona! ¡Parida en mala hora¡ ¡Túuuu! —gritó esta última sílaba señalándome, alargando la "u" como para aventármela, pero tras el "tú" no dijo nada más. Le bastó con el pronombre para infamarme de manera radical.

Se abalanzó sobre mi mamá, a cubrirla de besos, pidiéndole perdón. Me quedé parada, completamente idiota sin decir ni sí ni no, sin siquiera moverme, mirándolas abrazadas, mamá llorando, la abuela quejándose, hablando como tarabilla, arropando a su hija con las palabras. Siempre había sido demasiado claro que yo quedaba afuera del círculo de sus afectos, pero era la primera vez que veía con toda certeza que ellas sí tenían uno en común, que habitaban un mundo juntas del que yo estaba por completo excluida.

3. La tienda de echarpes

Pocos días después, fui de compras con mi nana Dulce. Ella traía tres encargos precisos de la abuela, quien ya había ido muy temprano por la despensa semanal. Iba a traer sólo canela, un puñito de clavos de olor y una madeja blanca para el crochet, así que no había contratado a un muchacho para que le cargara la compra, y viéndose a solas en medio del barullo (si me exceptuamos), había dejado correr libre el largo hilo de la distracción. Primero me llevaba de la mano, muy atenta, pero al rato, no sólo me había soltado, sino que había olvidado que cuidaba de mí. Creí que Dulce ni siquiera recordaba ya a qué iba, que no caería en la cuenta de mi ausencia y, no sólo dejé de hacer el esfuerzo de seguirla en la multitud, sino que me le escapé presurosa. Era sábado, día de mercado, y había tanta agitación que debía coincidir con la fecha de alguna fiesta india. Los puestos al piso se extendían al costado de la iglesia y del amplio atrio, lleno de vendedores que habían bajado de toda la región y que inundaban las calles vecinas con sus mercaderías.

Cargaba conmigo todos mis ahorros, el dinero que a espaldas de la abuela me regalara a veces el tío Gustavo. Él ya no vivía con nosotros; se había ido a la ciudad, venía nada más a las fiestas y cumpleaños. "En esta casa llena de lindas mujeres, tú, Delmira, eres mi predilecta." Yo guardaba cada moneda y billete, sin hacer uso jamás de ellos, porque eran mi único tesoro. Ahora lo llevaba conmigo, decidida a hacerle a mamá un regalo espléndido que la reconciliase conmigo. Le compraría otro cáñamo largo para recoger la fruta (esa larga vara de carrizo que en un extremo tenía una pequeña canasta amanoplada para arrancarla de las más altas ramas sin que cayera al piso), le iba a reponer el que la abuela le había roto encima, pero además quería llevarle otra cosa, algo muy especial, algo que no se le acabara nunca, que fuera sólo de ella. Era una suerte que la nana Dulce se hubiera distraído y que me hubiera olvidado del todo, porque no habría sido una empresa fácil comprar algo realmente especial al lado de su dureza. La nana Dulce emulaba todas las costumbres de la abuela, y no me habría permitido ningún tipo de despilfarro.

Revisé las jarcierías. Compré el cáñamo más largo que encontré, mucho más largo que el roto. Pasé el ojo detenidamente sobre los sombreros, pero no encontré ni uno que me pareciera realmente especial. Después recorrí los establecimientos de ropa que había adentro del mercado, pero tampoco me decidí por nada. Salí a la parte de atrás, donde se vendían las cazuelas y los animales, más por descuido que por voluntad, si nunca había husmeado esa parte. Por un momento, pensé en llevarle un pato o un totol; después pensé en un pequeño plato pintado a mano con flores para que pusiera sus pasadores y broches del cabello. Creí haberme decidido por unas tijeras que me parecieron muy afiladas y elegantes, pero todavía teniéndolas en la mano, los vi. Entre un puesto de ollas y cazuelas de barro gigantes, tan grandes que parecían para hacer sopa de elefantes o guisos de caníbales, y otro de cazos y cucharones de cobre de todos tamaños, en el piso, sobre una larga manta blanca, al lado de una seria hilera de largos velos blancos, grises y negros que no me interesó en lo más mínimo, se exhibían rebozos, chales, pañuelos, echarpes y mascadas de distintas formas y tamaños y en una infinita cantidad de colores, de inmediato me desplacé hacia el puesto. Frente a él me planté con mi largo cáñamo vertical clavado al piso. La primera de las mascadas que llamó mi atención era una roja, pequeña y de tejido fino.

—¿Para qué quieres esto, niña? —me dijo el vendedor con un acento que yo no había escuchado antes—. Esto no le sirve ni a un crío. Llévate este otro, mejor.

Extendió frente a mi cara una mascada hermosa y grande, amarilla dorado, casi color miel, que se suspendió unos instantes a la altura de mi cintura, para de inmediato acomodarse, por su propio vuelo, vertical frente a mí. El vendedor me mostró otra alargada color ladrillo que se trepó ligera, inclinándose de la punta de mi caña a la orilla de la anterior, todavía vertical, bien extendida. Uno tras otro, extendió los echarpes, las mascadas y los chales y los dejó flotando sobre el aire hasta que él y yo quedamos cercados bajo una improvisada tienda flotante de colores vivos, cuya punta estaba marcada por el cáñamo, y en la que entraba la luz del sol, entre una y otra prenda, enrejándonos en luz y sombra de diversas tonalidades. En medio del agitado mercado del sábado, el vendedor de chales había hecho para nosotros dos una fresca tienda, montándola sobre el viento y el cáñamo de alcanzar las frutas. Cuando nos vio encerrados y a solas, el vendedor me dijo:

—¿Cuál quieres, Delmira? Escógete un echarpe. No me lo vas a pagar, será un regalo. Te lo voy a dar con una condición: que entre todas estas cosas no escojas un chal negro como

36

el de tu abuela. Te lo cambiaré por una sola cosa: tu silencio. No digas a nadie que me viste ni lo que te he enseñado. Ni la huesuda ni su hija me perdonarían el que yo te haya hecho esta tienda. Ellas no quieren que veas nada, ni que conozcas nada. Ya te habrás dado cuenta. Eres su joya inmóvil. Te quieren para encerrarte en sus cajones, si es que se puede decir que te quieren. Son dos viejas avaras, dueñas cada una de un corazón de piedra. La hija acabará pronto tan huesuda como tu abuela. Llévate un echarpe, ándale. —Yo no decía ni sí ni no, no me atrevía a abrir la boca—. ¿Cuál quieres? Escoge cuál. ¿Es para tu mamá? —Asentí, y lo vi a los ojos. Me dio confianza. Era cierto lo que me había dicho.

Escogió por mí la hermosa mascada color ladrillo, no sé si impacientado ante mi indecisión o por sacarme de aprietos. Al hacerlo y doblarla quedó nuestra tienda abierta, se había roto el hechizo de la luz tenue y encerrada, pero no mi emoción. En cuanto puso en mi mano la mascada, no pude contenerme y lo besé en la cara, diciéndole "gracias", y él me abrazó tierna y largamente, como creo que nadie lo había hecho hasta entonces. Bajó los chales y las mascadas uno a uno, doblándolos con cuidado y regresándolos al lugar donde los tenía exhibidos, y después me pidió la mía para envolverla en un delgado papel color arena.

—Ni una palabra en casa, ¿eh?

—Ninguna. Lo prometo.

—¿Te acuerdas de tu papá? —me preguntó.

—¿Usted lo conoce?

—Haz de cuenta que él fue quien te dio el chal. Lo conozco mucho.

—¿Por qué no me viene a ver nunca?

—Te cambio la respuesta por un secreto, escúchalo bien: "el que fornicara con la abuela, engendraría en la hija, pero si el hombre fornicara con la hija para en su vientre engendrarla, abandonaría la casa para siempre jamás".

—¿Qué es "que forni-cara"?

—Apréndete de memoria mi secreto. Cuando lo entiendas, lo entenderás.

Me senté en la orilla de su puesto, al lado de la silla de la vendedora de cazuelas, a memorizar la frase concienzudamente, repitiéndola una y otra vez, porque no iba a dejar que se me escapara por ningún motivo. Cerré los ojos para concentrarme más. "Que forni-cara...", separando las sílabas como yo creía que hacían sentido. Atrás de mi voz oía el barullo del mercado, el ruido de los animales, un burro, alguien más allá cantando "¡Lleve seis por cinco!" Alcé la cara al cielo, abrí los ojos y vi cruzar una nube de naranjas. Eran tantas que alcancé a olerlas.

—Pronto lloverán azahares, y se casarán todas las muchachas —me dijo la india del puesto de cazuelas al ver que yo seguía con los ojos la nube aquella—. Pero tú no te cases.

Me reí. Tenía ocho años, ¿cómo me iba a casar?

—Si soy niña, marchantita, ¿cómo me van a casar?

—La gente no se tienta el corazón con eso. A mí me casaron a tu edad.

—¿Con su marido? —le pregunté, porque no se me ocurrió nada más cuando imaginé a la niña del brazo del hombre-marido, él ya mayor, con barbas y barriga, y ella, ay pobrecita, de mi pelo.

—Pues sí que con mi marido, ¿con quién más, si no? No es toda mala mi suerte, ya se murió.

—¿Era muy viejo?

—Nada viejo. Me lo mataron con un machete en una riña, porque era de los que no querían votar por el gobierno.

—¡Lo siento mucho!

—Pues por mí que ni lo sienta. Se lo merecía, era un... —Ni dijo qué era y calló.

Me levanté, me sacudí la falda y me la alisé. Revisé si traía ensartadas las trabillas de los zapatos, recogí el cáñamo y puse bajo el brazo el paquete del chal. Localicé con la mirada al hombre de los chales, velos y rebozos. Escribía algo, rápidamente, apoyando un pedazo de papel sobre un cartón. Terminó como si sintiera mi mirada y me dijo:

—¿Con que ya te me vas?, ¿para qué tanta prisa? No puede ser que la tengas para volver al regazo de la dura huesuda —me sonrió.

Dije que no con la cabeza. Era verdad, no tenía ninguna prisa de volver a casa, pero tampoco quería seguir ahí. Tenía sed y me parecía que empezaba a tener hambre.

—Igual ya me voy, tengo sed, adiós.

—Ten —dijo buscando una moneda en la bolsa del pantalón, y al tiempo que la sacaba agregó: cómprate un pepito.

Me dio un peso. Los pepitos eran unas bolsas de plástico transparentes rellenas de agua congelada de colores, y las vendían a la vuelta de la casa. Eran de forma alargada, uno les rompía una punta y empezaba a chupar. Las coloradas dejaban la boca colorada, las verdes verde, las azules azul y todas sabían a lo mismo: a agua con mucha azúcar, muy sabroso. Me quedé mirando la moneda sin creer posible tanta dicha. Me alcanzaba a lo menos para cinco pepitos, si no compraba de los de media bolsa.

—Este papel que te estoy dando lo guardas muy bien. —Se me acercó y me dijo muy bajo al oído: cuando pienses en dejar a las dos brujas, llama a este teléfono, Delmira, nosotros te sacamos de Agustini y te ponemos lejos de ellas, del otro lado del mar, donde no puedan fastidiarte.

Tomé el papel, con la mano sudada de nervios, y me eché a correr. Crucé el mercado completo sin detenerme. Ni siquiera paré a comprar el pepito. Entré a la casa como una bala, directa a la maceta de superficie de espejos rotos que echaba en mi balcón unas floresotas obscenamente rojas, cuyo nombre se ha borrado en mi memoria. En la tierra de esa maceta guardaba la llave del cofrecito que vivía al pie de mi ropero. Escarbé presurosa y la saqué, con la misma prisa tomé el cofre, acomodé en él lo que restaba de mi dinero, la moneda recién recibida y el pedazo de papel que me había dado el vendedor, sin leerlo o siquiera desdoblarlo. Después, lo cerré con llave y a ésta la regresé a su celosa guarida, donde nadie podía encontrarla. Arañé la superficie de la negra tierra de la maceta para que no quedara más huella de mi paso por ella que mis uñas negras. No había soltado ni un minuto la mascada, aplastándola entre mi brazo y mi torso. Al cáñamo lo había dejado acostado a lo largo de mi habitación. Salí cargando mis dos regalos, a buscar presurosa a mamá, como si alguien pudiera antes quitármelos. Creí que iba a estar en la veranda que daba al jardín o en la orilla del río, pero no la encontré ni ahí ni allá. Al cruzar de regreso el jardín, me dio curiosidad la naturaleza de mi compra y desenvolví el paquete. Quería saber si yo sería capaz de volar la mascada, la abrí, la extendí, la zarandeé, viéndola hincharse con el aire, la solté y se me cayó al piso, perdiendo toda elegancia. La sacudí lo mejor que pude y la volví a envolver. Regresé sobre mis pasos y seguí buscando a mamá. Cuando la vi, acababa de salir de su habitación y estaba a punto de sentarse en la mecedora, lánguida según costumbre.

—Ten —le dije.

No me contestó nada.

Antes de tomar lo que yo le ofrecía, abrió su abanico y lo remeció al tiempo que echó a columpiar la mecedora. Tomó el cáñamo de las frutas y lo revisó con atención.

—Déjalo en mi cuarto, a ver si puedes acomodarlo; está muy largo.

Esa elección no pareció convencerla. Corrí a hacer lo que me había pedido y volví. Tenía los ojos cerrados y parecía dormir. Me paré a su lado. Dijo, sin abrir los párpados:

—¿Qué quieres?

—Es que te traje dos cosas, mamá. Te quiero dar tu otro regalo.

—¡Regalo! El cáñamo era una deuda, ¿no te parece? —me contestó abriendo los ojos.

Le di el paquete y lo abrió de inmediato. Percibí en ella un sobresalto en el momento en que vio lo que contenía.

—¿De dónde sacaste esto?

—Fui al mercado con Dulce, luego ella se perdió y yo me quedé buscándote un regalo. Me encontré primero la vara en la jarciería y luego vi la tienda de chales. Te lo compré con lo que me ha ido dando el tío Gus cuando viene, lo tenía todo ahorrado. ¿No te gusta? Si no te gusta, ¡tan fácil!, te la voy a cambiar.

Mi explicación la tranquilizó y la mascada no podía no gustarle, era muy bella. Pasó su mano por mi cabeza haciendo un gesto que imitaba con descuido una caricia.

—Está muy bonita.

La huesuda, como él la había llamado, pasó corriendo a nuestro lado, llevando con la derecha la escoba, el brazo extendido, marcial como si la escoba fuera un arma.

—¿Y eso? —dijo, deteniéndose en seco al ver la mascada en los brazos de mamá.

—¿No está bonita? —dijo mamá sonriendo.

—Bonita está, ¿de dónde salió?

Nada más oyó la primera parte de la historia, y siguió con lo suyo, no se quedó a oír la explicación completa en la versión de mamá, mucho más explayada y falsa que la mía. Continuó escoba al frente, presurosa y erguida, en la ruta de su ardua batalla.

Hubiera querido interrumpirla. Me habría gustado en ese momento enarbolar mi cáñamo largo y retarla a duelo. Su palo contra mi pizca-

43

dora de frutas, su falsa vejez contra mi infancia no vista, su marcialidad contra mi alegría. Porque vaya que me había puesto alegre el tránsito por la tienda de echarpes, mascadas, chales, la que el vendedor había construido para mí aunque fuera por unos minutos. Vaya que me había puesto feliz.

Pero el deseo de retarla y la explosión de felicidad que reventaban mis pulmones se desinflaron y perdieron vuelo, como la mascada en el jardín, segundos después, cuando entró Dulce, agitada y con cara de preocupación, un bólido proyectado hacia mí por el enojo, a regañarme por haberme perdido en el mercado, como si hubiera sido mi culpa, y tras ella la abuela para regañarla por haberme dejado sola, y tras la abuela mamá para decirle que no importaba, con tal insistencia que más parecía, al jalarla de la manga, emberrinchada, que no resistía compartir su atención con nosotras dos, y la abuela tras mamá, alegándole que los gitanos o los chinos me pudieron haber robado, y Dulce duro y dale contra mí, y la abuela contra Dulce, porque, además de no haber respondido responsablemente por mí, dejándome sin resguardo frente a mil peligros imaginarios, había olvidado uno de los tres encargos, había comprado equivocado el segundo y había pagado el doble de lo que parecía adecuado por el primero.

4. Mi dolor en su hamaca

Al día siguiente, la rutina de la casa transcurrió como la de todos los domingos. El séptimo día nos arreglábamos con nuestras mejores galas e íbamos a misa de nueve, la última de la mañana, donde nos reuníamos toda la gente de bien. Saliendo, desayunábamos en la casa del cura, en la hermosa terraza siempre fresca por estar rodeada de plantas, de cuyo techo de vigas y tejas colgaban jaulas de pájaros y macetas siempre llenas de flores y de botones a punto de abrir más flores. El piso era de mosaico, las sillas de palo; sobre la mesa larga se ponía un mantel blanco bordado en vivos colores por las infatigables hermanitas. También ellas se encargaban del exquisito desayuno del domingo. Tamales, atole, enchiladas, empanadas, pastas dulces y panes hechos todos en la cocina del convento. Eran tres las hermanitas que se desayunaban con nosotros, y que se encargaban del cuidado del señor cura. Las tres vestían de gris claro, con un velo blanco almidonado en la cabeza, tan rígido

45

casi como un gorro. El cura, un morenote alto y guapo, fornido, con anteojos ligeros que le daban, no sé por qué, un aire simpático, era el objeto de la adoración de las hermanitas, profanas devotas de él como de un dios. También nos querían a nosotras, y ese día de la semana éramos parte de su feliz familia. Las tres monjitas iban de un lado al otro, atendiéndonos a todos, y ya que se sentaban se encargaban también de llevar el hilo de la conversación. No paraban de hablar, arrebatándose la palabra, contándonos historias, habladurías, leyendas o chismes, hasta que les daba la hora de discutir sobre el mantel. Siempre llegaba ese momento. Entonces nos olvidaban del todo, movían platos, tazas, tazones, canastillas, servilletas y cubiertos de un lado al otro de la mesa, discurriendo en qué lugar le hacía falta otra flor, otra rama, una uva, o cuál pétalo en cuál cáliz, cuál hoja en cuál rama, discrepando en sus opiniones y alegando cada una para defender la propia con labia y ejemplificaciones que iban desde rayar con la uña en la mesa la forma que debiera tener la hoja o el pétalo faltante, hasta alisar lo recientemente marcado, pasándole el borde de la cuchara para plancharlo por considerar que ese trazo ahí arruinaría la armonía del bordado, etcétera.

Los demás nos levantábamos de la mesa, pero ellas seguían sus disquisiciones mantélicas acalorándose a cada minuto más hasta que terminaban literalmente trepadas en la mesa, perdida toda compostura, a gatas alegando y discutiendo sobre un detalle u otro del mantel, quién sabe cómo evitando llenarse los rígidos velos con salsas y fondos de café. Entonces, el cura se enfilaba con mamá y conmigo al jeep, la abuela desaparecía, y nosotros salíamos del pueblo hacia alguna de las cercanas rancherías, acompañándolo a dar misa. Las dos éramos de uno u otro modo sus ayudantes. Durante la santa ceremonia, yo pasaba la canasta de las limosnas y mamá limpiaba las sacristías. Antes y después, ella le ayudaba a vestirse y quitarse las sagradas vestiduras, y las guardaba con cuidado en el maletín del cura antes de que nos enfiláramos a nuestro siguiente destino que podía tener o no capilla o iglesia, porque este cura tenía tantas ganas de oficiar que era capaz de hacerlo en medio de un pantano, bajo el sol impío o la más caudalosa lluvia.

A la hora de la misa, la elocuencia del cura no tenía par, pero en el trayecto mamá era la que no dejaba de hablarle. No sé qué le decía. Los caminos polvosos estaban en pésimo estado, el jeep brincaba sin parar, chirriando con estruendo, y como me sentaban en el asiento trasero me era imposible oírla. Para alegrarme el alma me bastaba verla vivaz, como no lo era el resto de la semana, despertada de un largo letargo, florecida, gesticulando y moviendo manos y cuerpo con gracia y convencimiento. Él volteaba a verla y asentía o negaba con la cabeza, para de inmediato regresar su atención al sinuoso camino, lleno de hoyancos y montículos, cuando no piedras peligrosas en que podíamos dejar embarrado el tanque de gasolina, como ya nos había pasado en una ocasión. La vez que nos quedamos sin gasolina, porque toda chorreó por el agujero que nos hizo una piedra, tuvimos suerte, porque aunque era muy raro cruzarnos con otro vehículo de motor en el camino —con el nuestro bastaba para llenar la selva con ruidos y sobresaltos—, nos rescató un carromato cargado con cañas de azúcar. Mamá y el cura se fueron atrás, trepados hasta arriba de la carga, y a mí me llevaron en la cabina de pasajeros. No hubiera podido olvidar la ocasión, porque aunque yo me dormí todo el viaje, al llegar a casa mamá estaba llena de arañones de las cañas, y tardó más de una semana en dejar de quejarse de sus mil dolimientos. Cada que emitía una queja, la abuela reclamaba "Pero cómo no se fue arriba la niña, a ella no le habría pasado nada, si los niños son de hule", y a mí cada vez que lo decía me daba vergüenza mi conchudez, por culpa de la cual se había lastimado tan feamente mamá.

Después de la tercera misa, me quedaba invariablemente dormida en el camino, arrullada de tanto brinco y cansada de tanto sol y polvo o del interminable resbalón del lodo, si era época de lluvias. Mi siesta coincidía con el descanso de los adultos. Entre sueños, percibía que el coche se detenía, y oyéndolos bajar, me arrellanaba para acomodarme mejor en el asiento trasero que ocupaba junto con la maleta del cura para seguir muy quitada de preocupaciones mi larga siesta. Pero el domingo del que hablo, al salirse de la brecha, el vientre del jeep golpeó contra algo y mi cabeza rebotó feamente, despertándome por completo. Abrí los ojos y los vi bajarse, al padre Lima primero; con una cortesía que le desconocía, dio la vuelta para abrirle a mamá la portezuela, tomó su mano y, sin soltársela, emprendieron juntos el camino hacia el río. En lugar de arrellanarme, me fui empinando para ver qué seguía, a dónde iban tan juntos. Sobre el tablero del jeep estaban los lentes del cura, quien con la cara desnuda reía a voz en cuello por no sé qué motivo. El padre Lima llevó a mamá de la mano hasta el tronco del siguiente árbol, se arremangó la sotana, subió por sus ramas, rápido como un gato. Desde arriba, le lanzó algo a mamá, bajó tan ágil como había subido, se quitó la negra sotana, dejándo ver el torso desnudo y unos pantalones negros entallados que no había imaginado yo nunca bajo la guanga sotana que siempre, a pesar del tremendo calor, vestía el cura. Despojado del luctuoso trapo, sin lentes ni camisa, el James Dean tropical corrió tras mamá, vestida con un ampón blanco, de algodón ligero, casi gaseoso, e intentó arrebatarle el bulto que le acababa de aventar. Ella no se dejó, riendo trató de esquivarlo. Jugaban como dos niños, hasta que él venció, se lo quitó y ella lo persiguió para arrebatárselo. Ella lo agarró por la cintura, él la tomó a su vez con uno de sus brazos y le puso en la mano uno de los dos extremos del bulto con que jugaban, una hamaca tejida. Se separaron extendiéndola. Él la ató a la rama por la que acababa de subir, y se acercó a mamá a ayudarla a hacer lo mismo en el árbol contiguo, un hermoso laurel que bebía a orillas del caudaloso río. Allá abajo, se sentó en un tronco caído, se desamarró las agujetas de sus zapatos, se los zafó, aventándolos con descuido, se quitó los calcetines y los pantalones y le pasó su ropa a mamá. El cura no usaba calzoncillos, fue lo que más me sorprendió. Mamá se quitó el vestido y lo acomodó con las ropas de él en el codo de una de las ramas del primer árbol. Tampoco usaba calzones. Se quitó el brasier dando un grito y descalza se le unió en la hamaca. Juntos y desnudos comenzaron a acariciarse y a besarse. Me arrellané en mi asiento.

No quería ver más. ¿Qué hacían esos dos sin ropa? ¿Pues qué se creían? Seguro era pecado lo que estaban haciendo. Los escuchaba como si me hablaran al oído. Sus exhalaciones, sus exclamaciones, sus quejidos, mamá diciéndole "ya", "no seas tacaño, dame", y luego "más, más, dame más", y el cura "toma, toma" horas, o un tiempo que me pareció hecho de horas. Me sentía desesperada. Lo que hacían rompía algo en mí, destrozaba, me despojaba. Podía no ser pecado, pero para mí era malo, lo más malo, eran la encarnación del propio mal. Los detesté.

Súbitamente tuve una convicción: sería mejor verlos que sólo estar oyendo esos quejidos insoportables. Me incorporé en el asiento. Era verdad que sus gemidos sonaban menos cuando los veía, porque el horror que me provocó la visión me dejó completamente sorda. Incluso me zumbaron los oídos, como si me fuera a estallar la cabeza. Mamá estaba boca abajo, colgando de la hamaca que en lugar de estar placenteramente tendida estaba recogida como una cuerda. Él, detrás de ella, se agarraba de sus nalgas, golpeando su cuerpo contra el de ella, con una cara de dolor desesperado que giraba hacia mí, ojos cerrados, boca abierta, reconcentrado sublimemente en sí. El resto de sus cuerpos quedaba de perfil. Ella giró su cara hacia él, volviendo su postura más grotesca, con un gesto de dolor que a su vez me dolió en el estómago. Ella abrió la boca, y entonces él la escupió, arrojándole una cantidad visible de saliva. ¿Qué estaban haciendo? Me volví a sumir en el asiento del coche. Pensé en bajar, y echarme a correr, pero no pude vencer el horror, un horror a todo. Imaginé como si bajara. Saltaba por la ventana del jeep para no molestarlos con el ruido de la portezuela. Caminaba hacia el río, los dos pies en el lodo, a cada paso más lodo, hundida hasta que ya no podía dar el siguiente por no poder desenterrar mis pies. A cada instante me hundía más, aceleradamente. Los oía otra vez, "así no, así no me des", "ten, toma, te gusta", "no, no", "entonces no, nada", "no seas así, dame, dame más", "toma", y no me atrevía a decir "auxilio", "¡ayúdenme, me está tragando el pantano!", hasta que el lodo me tapaba la boca, las narices, rellenándolas con su pasta; mis ojos. Toda. El pantano me deglutía al mismo tiempo que el sueño me llevaba consigo.

Me despertaron cuando llegamos a la siguiente misa. Creí que lo había soñado todo, cuando lo vi a él tan sonriente y cordial, tan compuesto y hermoso; a ella tan dueña de sí, tan correcta y tan llena de aplomo. Tanto "toma" y "más" no podía haber salido de sus dos bocas. En pocos minutos me convencí de que todo lo había imaginado y me avergoncé intensamente.

En esta ranchería había un ligero alboroto. Alguien se había robado las hostias y el vino de consagrar. El cura les dijo que no tenía gran importancia, que todo era material no santo, que no les caería ninguna maldición, que no se preocuparan por eso, que en sí el robo no era cosa buena, pero que ojalá las hostias le hubieran sabido bien al ratero y el vino de consagrar no le hubiera dado un jaquecón. Pero no podía haber misa, porque no traían ahora dotación de hostias ni vino en la maleta. Impartió a unos la confesión, visitó a una viejita, nos dieron a cada uno una deliciosa empanada frita de pejelagarto, y regresamos, como todos los domingos, extenuados, silenciosos y muertos de hambre, porque los antojitos sólo nos habían abierto el apetito. El cura nos dejó en la casa y siguió su camino. Mamá y yo comimos, como siempre, sin hablar, mientras la abuela se quejaba de lo tarde que era, "cómo llegan tan tarde, se van a desmejorar, de acuerdo que le ayuden al cura, pero piensa en la niña, es casi hora de la merienda y apenas está comiendo", y se quejaba del dolor de sus pies, de lo que fuera. Terminando de comer, nos acicalamos y fuimos a dar la vuelta a la Alameda. Alrededor del kiosco central, los hombres giraban en una dirección, las mujeres en otra. La banda del pueblo tocaba las mismas canciones de siempre, desentonando otra vez, como de costumbre. Acompañamos a mamá la nana Dulce y yo un par de vueltas, y nos regresamos porque ya era mi hora de dormir. Apenas llegamos, la abuela se soltó los cabellos, la nana Dulce comenzó a peinarla, y yo me acosté en mi hamaca. No pensé ni un instante en lo que creía haber imaginado en la tarde, aunque tampoco puse atención alguna al cuento de la abuela. Me acordé en cambio del papel que me dio el vendedor de chales, velos, mascadas y rebozos. Ardí en ganas de leerlo, ¿qué había ahí? Hice a un lado el pensamiento de aquello que suponía había imaginado en mamá y el cura porque me era insoportable, pero tenía que patearlo para que no se me agarrara al cuello. Me era intolerable. Hoy es la primera vez que lo recuerdo con minucia. Acepto que no lo soñé, que yo no fui la culpable de haberlo engendrado. Ellos dos hicieron la escena, yo la presencié por error. Seguramente no fue mi imaginación quien los colgó grotescamente a la hamaca, quien hizo caer el peso del hombre contra las nalgas desnudas de la mujer, quien los hizo gemir desesperados. Ellos repetían la escena todos los domingos, tal vez me llevaban en el coche para que nadie sospechara nada, ni la abuela ni los feligreses, confiados a mi sueño usualmente pesado y profundo. Dejo de culparme por ello, y no los culpo. También habría amado yo al cura, y de haber sido él no habría resistido los encantos de mamá.

Hasta el día de hoy puedo respirar profundo: yo no soy el monstruo que soñó una escena abominable para herir el corazón y el cuerpo de una niña. Delmira, no fuiste. Tranquila, Delmira, tranquila.

5. Las damas pelean

El lunes, de regreso de la escuela, después de comer, aproveché un descuido de Dulce para escabullirme a mi ropero. Abrí rápidamente mi cofrecito; tenía que leer el papel. Lo saqué, pero apenas lo tuve conmigo, oí que todas venían hacia mi cuarto, discutiendo, así que apresurada le eché llave al cofre, quedándome con el papel en la mano. Como una tromba entraron Dulce, mamá, la abuela, Ofelia (la chica que venía a hacer la limpieza de la casa) y Petra (la que venía a lavar y a planchar). En lugar de doblar el papel para que no lo vieran, empecé a enrollarlo. Nadie me volteaba a ver, pero yo sentía que en cualquier momento alguna pondría una ácida, corrosiva mirada en mi trozo de papel, y me esmeraba en enrollarlo con celeridad, cuidando ocupara el mínimo de espacio, mientras ellas discutían a voz en cuello sobre mi crinolina. Dulce decía que estaba mal lavada, que tenía una mancha. Petra decía que ella la había dejado impecable, que si estaba sucia era culpa de Ofelia, porque Ofelia la había venido a acomodar a mi ropero. Sin dejar de alegar que si estaba limpia, que si estaba sucia, sacaron la crinolina para examinarla, abriendo el balcón de par en par para verla a plena luz. Yo seguía haciendo mi rollo con el papel, me daba la sensación de que era gigantesco, porque no lo terminaba de hacer.

La mancha sí estaba en la crinolina. Parecía la huella de un dedo sucio, de un dedo con tierra. "Pobre Ofelia", pensé cuando la vi, "ya se le armó". Petra alegaba que ella no la volvería a lavar por ningún motivo, que almidonarla y plancharla era mucho trabajo, que era culpa de Ofelia, y ésta, pobre, decía con voz trémula "no importa, señora, yo no la ensucié pero yo lo hago", cosa que exasperaba más a Petra, "por qué no lo admites, di la verdad, le pasaste tus dedos asquerosos después de haberte estado hurgando las narices", y Dulce peleaba en voz alta diciendo que no, que la bruta de Ofelia seguro que la iba a quemar, que lo tenía que hacer Petra. Discutían acaloradamente. Dulce, que siempre era amarilla (su cara, como las de rasgos otomíes, parecía oriental) se había puesto colorada y estaba fuera de sus casillas. Nadie las tenía mucho consigo.

—Yo diría que no hay que pelear por tan poca cosa —se me ocurrió decir, envalentonada porque mi papel estaba ya completamente enroscado, como un tubo invisible entre mis dedos—. Les propongo un remedio. Total, la mancha casi ni se ve, y la crinolina va bajo un vestido, así que me la pongo y ni quién se dé cuenta.

—En esta casa no hay cochinas. Si quieres serlo tendrás que practicar tus cerdadas en otro lugar —bramó la abuela—. Esto es el colmo.

—Es culpa tuya, Dulce —se le lanzó encima mamá—. La niña está maleducada porque tú le permites sus...

Vi que la tormenta iba a arreciar, y como ya no me prestaban ninguna atención me enfilé hacia el jardín sin decir ni pío, para ver qué me había escrito el vendedor de chales, velos, mascadas y rebozos. Pero apenas puse los dos pies afuera de mi cuarto, la tormenta se desató otra vez sobre mí.

—Todo por tu culpa y no te importa, no tienes corazón —me gritaba mamá.

—Te estoy hablando y te vas dándome la espalda —gritaba la abuela.

—Escuincla de mierda, ahora me van a regañar a mí, ¿a dónde vas? —aullaba Dulce.

—Seguro que fue ella, ella mera la ensució metiéndole su puerca mano —alegó Petra.

Ofelia también me miró con ira, como si yo fuera la culpable de todas las desgracias de su vida.

Primero no dije "esta boca es mía", acostumbrada a estos arranques de mal humor que no tenían razón alguna de ser y en los que no permitía que me arrollaran. Pero como sostuvieron su silencio mientras me miraban, me vi obligada a balbucear alguna explicación:

—Pero si nadie me hablaba a mí... pero si yo no tengo que ver con esta cosa... pero perdóneme abuela, no supe que usted todavía quería decirme algo... pero salía para dejarles más aire, porque empezaba a acalorar en el cuarto...

—Acalorar... a ti nada te acalora, sangre de víbora —dijo la abuela—. Nada te importa, y si por ti fuera, andarías vestida como las indias del mercado.

Años después le haría buena su maldición. En ese momento seguí a pie juntillas su indicación de la sangre de víbora. Frente a sus ojos enfurecidos, abrí mi divino rollo de papel y me puse a leerlo. Sólo traía escrito un número de teléfono, que memoricé. Volví a enrollarlo entre el pulgar y el índice, ahora en un tubo más apretado, e hice el gesto de fumar con él. La abuela alzó los hombros, tomándome por caso perdido, me dio la espalda y retomó la discusión de la dichosa crinolina que se prolongó hasta que llegó la oscuridad y con ella la tranca, los peines, los cuentos de la abuela.

6. El cuento de la abuela

"Pues verán ustedes —comenzó la abuela—. Después de la tercera vez que entraron los alzados a la finca, barriendo con todas nuestras provisiones, montando a nuestras mujeres, matando a uno que otro de nuestros muchachos, aunque nadie les opusiera resistencia —que era parte del trato a que se había llegado desde un principio para que nos dejaran en paz a mí, a mamá y a mis tres hermanas mayores—, el abuelo decidió que ya había visto lo suficiente de fiesta y que lo mejor era cambiarnos a vivir a nuestra casa del pueblo, a ésta en la que hoy estamos, aunque fuera muy inferior a la de la finca. Porque nuestra cocina de allá no podía ni compararse con ésta; aquélla tenía desde horno de ladrillos para pan, hasta doce hornillas en la estufa de carbón; ni la sala tampoco, la de la finca con su salón de baile; ni nuestras habitaciones, que allá estaba cada una dispuesta con un vestidor casi del tamaño de lo que es ahora el cuarto de Delmira, que fue, por cierto, cuando aquí nos cambiamos a vivir, el diminuto vestidor que compartíamos las cuatro hermanas, peleando cada centímetro, acomodando de la mejor manera los cuellos, las cintas, todas esas partes que no voy a enumerarles ahora, pero que hacían nuestro vestido, porque entonces no era como es hoy, que sólo se enfunda uno una prenda y ya está hecho el atuendo. Así que ni esta cocina era como aquélla, ni las habitaciones, ni qué decir de los jardines y los patios, y las fuentes que mi papá había hecho construir trayendo unos altos negros cargados con raras piedras de quién sabe qué lugares de nombres impronunciables, y que las habían tallado dejándolas brillantes como espejos. Además estaban las huertas, y el paseo que habíamos hecho atravesando la cacaotera, las veredas rodeadas de flores chinas...

"Por nuestros rumbos casi no había federales. La gente se alzaba aquí y allá, unos con otros, sin tener más oficio que andar de bribones saqueando esto y lo del de allá. Aquí los alzados del tiempo de la Revolución eran sólo eso, bribones, alborotadores, buenos para nada que, sintiendo que había revuelta, se subían al mismo barco del mar alborotado sin deberla ni temerla ni saber que aquéllos estaban bien organizados, subiendo y bajando trenes mientras armaban y orquestaban un ataque, una toma, una victoria, y que tenían jefes con más grandes ambiciones y mucho coraje para conseguirlas. Los de estos rumbos se mataban entre sí por quítame aquí estas pajas, ni falta les hacían los federales para tener enemigos, podían solos contra ellos mismos.

"En una de esas que entraron a la finca, mientras el jefe —que no lo parecía, era un pelirrojo alto, delgado, de tez muy blanca, con una expresión tan pícara en la cara que daba siempre la idea de que se estaba burlando o conteniendo la risa, vestido con cada visión que era de no imaginarse, ese día con el camisón de encajes y tiras bordadas a mano que en una ocasión le había yo visto puesto a una tía que teníamos, no sé bien si por parte de mi mamá o de mi papá, la tía enferma del día y de la noche, pero, eso sí, al camisón lo había hecho jirones y para adornarlo lo había recubierto aquí y allá con cintas de colores, con dos tiras del traje de consagrar de algún obispo fingiendo de falsas charreteras—, el jefe, decía, negociaba frente a la puerta de la entrada de la casa, arriba de la escalera, nuestro precio con nuestro padre (era el resto del acuerdo que habían hecho entre ellos para no tocarnos: lo primero era no pelearlos, lo segundo era pagar un rescate que crecía cada vez), e intercambiaban cifras, billetes y miradas, mientras el jefe, decía, negociaba con papá, a Florinda mi hermana la manoseo alguno de la turba, con lo que mamá dio de gritos, papá fue informado de inmediato, y tomando uno de los manojos de billetes que tenía en la mano lo zarandeó frente a los ojos del jefe pelirrojo y con uno de los cerillos que siempre traía en el saco, le prendió fuego.

"—Primero quemo el dinero, antes que darlo a gente sin palabra —dijo mi papá, en un arranque de cólera.

"El jefe pelirrojo le contestó con una carcajada. De verdad que a ése todo le daba risa.

"—¿Pero a usted quién le ha dicho que no tengo palabra? Tan la tengo que aunque usted rompa el trato conmigo, yo no lo he de romper con sus mujeres.

"—¿Que quién me ha dicho? —papá seguía encolerizado, y no veía que nos ponía a todas en peligro—, ¿que quién me ha dicho? Usted mismo, caballero, ha escuchado que uno de sus hombres ha tenido el atrevimiento de alzar su mano faltándole el respeto a mis hijas, y todavía me lo pregunta.

"—No juzgue sin saber bien qué —le contestó el jefe, siempre sonriente—. A ver, tráiganme al tarugo tocachicas.

"De inmediato le trajeron a un rufián moreno y mugroso que no se había peinado en varias décadas.

"—Fuiste tú, el famoso Refugio. ¿Pues qué te pasó? ¿No estábamos con que a estas jóvenes

y a su mamá no les poníamos la mano encima?
—el rufián asentía con la cabeza, casi sin comprender, un ser completamente embrutecido, incapaz de hilar que dos más dos dan más de uno—. Quiero que te disculpes ante el señor. Quiero que le digas a este hombre que si tú rozaste a la muchacha, fue para quitarle una araña gorda que le bajaba por los cabellos. ¿O dónde mero la tocaste, tú?

"El bruto, que realmente parecía no saber hablar, señaló sus propias nalgas.

"—Ah, ¡ahí! Qué pesar, la alimaña le caminaba a la chica por esas partes. Este otro alimañana, que recibirá por cierto ahora mismo doce azotes sobre el cuero desnudo, le quitó a la chica un bicharrajo. Por eso fue, no por faltarle al respeto, que se atrevió a rozar, casi como por un error, a la muchacha. ¡El látigo! ¡Tráiganme el látigo! ¡Fuera la camisa!

"El bruto lo obedeció con una docilidad verdaderamente animal. Otro de sus hombres le acercó un enorme látigo de cuero adornado con pizcas de metal que quién sabe de qué finca habrían sacado; en la nuestra no se golpeaba con objetos así a los indios. Lo amarraron al tronco de la ceiba que había a la entrada de la casa, a un lado de la escalera central, los dos brazos arriba de su cabeza, y frente a nosotros lo azotó, no doce, sino por lo menos treinta veces.

"El jefe soltó el latigo, subió la escalera, con el camisón más desfajado, un hombro de fuera, los cabellos rizados totalmente alborotados y la cara encendida por el esfuerzo, le dijo sonriendo y muy campante a papá:

"—Me parece que es suficiente. Creo que ya ha visto que soy hombre de palabra. Como yo también creo que usted lo es, voy a hacer su convenio verdad. Venga acá —le ordenó a mi hermana, Florinda—. Hágame el favor de pararse sobre esta piedra.

"A los dos lados de la escalera había un barandal de cantera que terminaba en la veranda en sendas columnas bajas. Sobre una de ellas fue que le pidió a Florinda que se pusiera.

"—Usted —le dijo a papá— no va dar órdenes a sus hombres. Yo le juro que no le faltaré a su hija el respeto, ni la dañaré. Sólo le regresaré a usted la dignidad de su palabra. ¿Me permite uno de sus cerillos?

"Papá le acercó uno de sus cerillos y la tira para encenderlos, e hizo a Florinda una seña de que obedeciera al muchacho. Florinda vestía un hermoso vestido blanco con una especie de delantal de tul al frente. El muchacho tomó la orilla del delantal, le prendió fuego y la dejó caer sobre el vestido que de inmediato ardió al contacto con la llama. Mi mamá gritó. Mi abuela María del Mar gritó todavía más fuerte. Mis otras hermanas chillaron como animales en el rastro. A mí me pasó algo muy vergonzoso: me dio risa. El jefe pelirrojo y yo reíamos a carcajadas. Entonces él se quitó una de las tiras del obispo del pecho y con ella le apagó las llamas del vestido, sofocándolas con el bordado de oro.

"—Me temo, señor, que usted pagó al fuego para que le tomara a su hija. Si no digo mal, prendió en flamas la cuarta parte del rescate que ofrecía, según usted, el precio de esta chica, porque desde un principio dijimos que sólo me pagaría por sus hijas, y que el respeto a la madre y a la abuela eran pilón generoso de mis muchachos y de mi parte. —Mi papá estaba pálido, aterrorizado—. Contrariando su opinión, juzgo que esta preciosa Florinda vale mucho más de lo que usted me ofrece por ella. Por mí que usted sólo me daba lo que vale una esquina de su vestido. Eso le quemé, ni un ápice más. ¿Está usted de acuerdo con mi cálculo? —Papá asintió—. Así que la siguiente vez que yo pase por aquí, más le vale pagarme el precio completo, porque si no sólo le respetaré lo pagado, lo nuestro es trato de caballeros. ¿De acuerdo?

"La turba había observado la quema del vestido de Florinda sin hacer ruido alguno. Pero apenas dejó de hablar su jefe, se soltaron a gritar, a proferir exclamaciones a todo pulmón, corriendo a meterse en la casa, mientras los músicos que traían tocaban sus tambores y guitarritas a todo lo que daba desde el jardín. Nosotros nos quedamos en la terraza. Adentro se llevaba a cabo una fiesta provocadora. Llegó la noche y ellos seguían adentro. Salieron iluminados con velas, dando de tumbos.

"—¿No se quedan a dormir? —les dijo la boba de mi abuela María del Mar.

"—Nosotros no podríamos dormir en ese cochinero, señora, muchas gracias —le contestó socarrón el jefe (ahora disfrazado con trozos de vestidos de la abuela y de mamá sobre los mejores pantalones de mi papá), antes de trepar a su caballo y desaparecer seguido por sus ebrios muchachos.

"Al día siguiente nos venimos para acá. Ya no volvimos a la finca porque mamá volvió a enfermar, se murió al poco tiempo (tal como había vivido, sin cortarse ni una sola vez el cabello, su trenza sin recoger le daba hasta los tobillos), papá decidió acompañarla al poco tiempo a la tumba, lo mismo que hizo la abuela María del Mar a las pocas semanas, y las cuatro nos quedamos solas a buscar cuanto antes —protegidas por el hermano de papá, que se hizo cargo con absoluta honestidad de nuestro patrimonio, sólo porque no le dimos tiempo para robárnoslo—, lo más rápido que se pudiera, un marido para cada una. Mis tres hermanas tuvieron mejor suerte, me imagino que porque no quedaba ya nadie de bien cerca de aquí; tres buenos maridos tuvieron las tres, y a mí me tocó lo que me tocó, un bueno para nada que lo único memorable que hizo en toda su vida fue morirse joven. Eso le pasa a la que nace al último, lo último le resta."

7. Los pájaros

El siguiente domingo no acompañamos al cura porque esa mañana, como a las ocho, todos los pájaros, sin importar el modo natural en que volaran (así hicieran grandes giros, o acostumbraran trazar enormes curvas antes de planear lentamente, o se mecieran y ladearan una y otra vez a medio vuelo, o flotaran bajo sobre campos y pantanos, las alas sostenidas ligeramente arriba del plano horizontal, o ejecutaran varios aleteos cortos y rápidos y un planeo suave, o volaran alternando aleteo y planeo, o tuvieran el hábito de quedarse suspendidos en el aire batiendo las alas y metiendo primero las patas para ir a pescar, o se remontaran en grandes círculos), se dirigieron en picada hacia abajo, hasta tocar tierra, tras lo cual ninguno fue capaz de remontar el vuelo. Uno tras otro abrían sus alas, y se iban dejando caer hasta tocar el piso, hasta posar las patas, como seres inermes necesitados de zapatos. Sólo para el correcaminos todo siguió igual, como para los patos que escondidos entre las cañas y los pantanos vivían pegados al lodo o arañando el lomo de los peces, pero incluso los cuclillos garrapateros cayeron al piso incapaces de regresar siquiera al cuello de las vacas, y el trepadorcito americano, que sube en forma giratoria los troncos de los árboles y luego se deja caer hasta la base del siguiente árbol, tampoco pudo echar mano de su corto vuelo para auxiliarse a ir hacia arriba. Uno tras otro, los pájaros hicieron en el aire amplios giros, y se fueron dejando caer al piso, batiendo o no las alas, como si por sus huesos circulara de súbito un aire denso que no les permitiera volar, un aire acuoso, o un aire pesado y terrenal, arenoso.

Los perros y los gatos comenzaron ante nuestros ojos una sangrienta carnicería, engolosinados con el opíparo banquete, hastiados pero cebados con la sangre pajaril. No pasó mucho tiempo para que al ver a las mismas águilas correteadas inclementemente por los cuadrúpedos, y a los colibríes agitando a mil por hora sus alas sin alzarse del piso, cacheteando a sus atacantes antes de morir babeados y sanguinolentos, nos pusiéramos los más a defender a los pájaros, mientras que otros guardaban los especímenes más extraños en jaulas bien hechas o jaulones improvisados, haciéndose de un tesoro repugnante ante mis ojos.

El camión que acostumbraba llegar al pueblo cada hora, no aparecía, y cuando por fin llegó (sonaba la bocina reclamándoles a los parados pájaros espacio para su camino) traía en la parrilla del techo un sinnúmero de aves fabulosas jamás antes vistas. Las carreteras estaban infestadas de seres que debieran andar volando, y una cosa era matar con las ruedas a los zanates y los guitíos, y otra muy distinta asesinar al tucán piquiverde, al búho corniblanco, a la inmensa guacamaya escarlata, a las cotorras, al tirano tijereta, a los cabalgadores de lirios, a la lechuza de campanario con su cara blanca en forma de corazón, al hermoso quetzal de larga cola, al águila o al martín pescador. Bajaron la carga, pero no fue fácil encontrar lugar para sus pájaros en el ya infestado pavimento, lleno de tortolitas y palomas, de trogones y cuclillos, de cenzontles y tangaras y cardenales rojos. También estaban infestados de aves varias los patios de las casas, las terrazas y los techos, y si éstos eran inclinados de teja, todos sus habitantes iban terminando por estrellarse en el piso sin ninguna elegancia, porque las aves habían perdido al unísono el poder de volar. Los pájaros caminaban por las aceras y los corredores de los parques muy ceremoniosos, y así como se agruparan antes en el cielo en parvadas voladoras, lo hacían ahora a ras de tierra para caminar en ordenados ejércitos de plumas que volvieron extraño el ir y venir por el pueblo, porque apretaban sus filas infranqueables y había que tomar otras rutas donde otros pájaros, menos caminadores, dejaran huecos en el piso.

Encadenamos a los perros, encerramos como pudimos a nuestros gatos, las mamás golpearon a los hijos que atormentaban a los indefensos caídos y ahuyentaron a los pájaros agresivos de los niños pacíficos, los coches no circularon, así fueran de motor o de caballos, y además intentamos no preocuparnos, como si se hubiera hecho normal vivir en un pueblo donde había más plumas que polvo o lodo. El maestro de la escuela secundaria organizó a sus alumnos para rescatar a los pájaros que se ahogaban al haber caído al río, pidiendo a los pescadores sus redes prestadas.

La misa era interrumpida por las voces de los pájaros que habían llenado el atrio y el piso de la iglesia, algunas parecidas a las de las ranas, otras ásperas y lastimeras, cla-ac repetidos, o constantes cacareos o castañeteos que enfriaban el alma, o flic-a, flic-a, flic-a, o uuick-uuick, o cuchrrrrrrr grave seguido de pi agudo, o un tosco chífiti-chífiti, chítifi-chif, o los que hacían casi como puercos lentamente oi-ink, o dos o más tristes y desolados suspiros que iban disminuyendo en intensidad y ritmo sucesivamente, o suistsit, o ¿psiít? o ¿siíst? con inflexión ascendente, o el ¡hui-sí¡, ¡pit-sío! agudo y explosivo, o ti-di-dé, o chur-ui, o tru-li musical, y como no había un solo ejemplar de mosquitero gris ahí cercano que auxiliara al cura con su canto de josei-r-ía o jo-sei ma-rí-a, el cura mismo no podía concentrarse en la ceremonia.

El desayuno también estuvo infestado por el mismo barullo. Las hermanitas silenciosas miraban a sus pajaritos enjaulados, hasta que una de ellas dijo "por mí, que vuelen", y otra les abrió las jaulas, pero sólo un gorrión hizo el intento de escapar y se estrelló en el piso de la terraza, como si él fuera una pequeña bolsa de maíz seco, lastimándose severamente el pico. Desde el jardín del cura, nos miraba con enormes ojos un raro búho en colores blanco y negro, de espalda y rostro negros, que sin despegarnos los ojos, no dejaba de hacer jui-u-u-u, sonoro canto que no iba nada bien con la luz de la mañana. De cuando en cuando nos interrumpía el krrk o grrik monótono y raspado, como un grillo gigantesco, del tucán. Ese día no hubo discusión sobre el mantel, la vegetación bordada que contenía no fue alertada sobre su crecimiento. Las hermanitas recogieron rápidas la mesa, y el cura, abiertamente abatido, se subió a su caballo, emprendió como pudo el trote, brincando escollos emplumados, y no lo volvimos a ver en tres días.

Los picoleznas, que con frecuencia cuelgan boca abajo de las ramas, estaban inmisericordemente estrellados en el piso, porque habían caído sobre sus blandas cabezas sin ninguna protección al querer cambiar de sitio. Alguna zacua y alguna tangara se habían salvado de estrellarse, compartiendo los enormes nidos en forma de calcetines que cuelgan de los árboles de la ceiba, pero al caer la tarde los oímos pelear con tanta violencia que cuando los niños metieron la mano para rescatarlos, sacaron a los pájaros sin ojos, picoteados, hechos destrozos. Habían peleado su minúsculo territorio de salvación hasta la muerte.

Muchos niños pasaron el mejor de sus días. Gritaban más que los pájaros, saltaban y correteaban de arriba a abajo el pueblo, como si la caída les hubiera traído la fiesta más divertida, una feria de picos y de sangre que los excitaba hasta la exasperación. Los jóvenes, y el también joven maestro de la secundaria, se pavoneaban por las calles con aire de héroes, mostrando los ejemplares recién rescatados de las aguas, y dando auxilio a los pájaros heridos en las calles del pueblo.

A la mañana siguiente, como habían bajado, todos los pájaros subieron, tal y como si no hubiera pasado nada, ignorando que miles de cadáveres cubrían los caminos y las calles. Nosotros hubimos de limpiar el pueblo en pleno, antes de que empezara a apestar. La abuela sugirió que guisáramos a los que todavía estaban tibios; propuso un mole colectivo para quitarnos el mal sabor que nos había dejado el domingo, alegando además que era un horrendo desperdicio tirarlos así nada más, que ella creía que eso era realmente pecado, y que entre los cadáveres había montón de patitos de patas azules, de carne más buena que la exquisita de la tortuga. El cura no pudo opinar, porque seguía sobre el caballo, perdido quién sabe en qué vereda. El doctor dijo que ese comportamiento bien podía ser el síntoma de una enfermedad transmisible, y que él sugería deshacernos de los cadáveres de la forma más higiénica, por lo que se quemaron en un chamuscadero a las orillas de Agustini, que organizaron los antes héroes redentores, por dictamen médico transmutados en inquisidores quemacuerpos de la más baja estofa. Presenciamos la hoguera todos los niños, de principio a fin, aunque la peste fuera insoportable. Al apagarse, quedaron los picos alargados y los huesos, pero de las hermosas y vistosas plumas ni una seña. Sólo la ceniza oscura era huella de la belleza desaparecida con el fuego.

Durante la semana, un leve rumor invadió al pueblo. Se hacían habladurías de que en el rancho recientemente comprado por el gobernador se estaba desbrozando la selva. Con grúas y excavadoras iban tirando los árboles para abrir espacio a los pastizales. Decían que el camino estaba lleno de camiones cargados de maderas y que el campo iba quedando limpio, como si ahí no hubiera habido nunca antes árboles. "Por esto fue que cayeron los pájaros", se decía aquí y allá.

El sábado, en el mercado, aparecieron puestos de venta de plumas, y platones de barro y yeso adornados con ellas. Los indios, en lugar de usar colores, habían decidido pintar con plumas, pegándolas quién sabe con qué. Yo quise comprar unas coloradas, y otras enormes de colores casi metálicos, pero la abuela me reprendió severamente, "¿no oíste lo que dijo el doctor?", "¿a poco ya tienes prisa de morirte?", "¡si serás mensa!".

8. El volcán

El siguiente domingo el volcán, que llevaba siglos dormido, arrojó un espesa y prolongada fumarola. No se podía ni salir de las casas, porque el aire se había llenado de sustancias picantes que lastimaban ojos y gargantas. Si alguien se veía en la necesidad de salir, tenía que taparse la boca con un pañuelo, dejándolo en minutos tiznado, como si uno lo hubiera acercado al humo que expide la combustión del chapopote.

Todos quedamos amarrados a nuestras casas, con balcones y ventanas cerradas, ahogándonos con el calor que removían los abanicos del techo, porque el aire exterior era un picante puro que nadie resistía. Se canceló la misa, de casa en casa se corrió la voz. Los indios tampoco habían bajado a escucharla. El mercado estaba muerto, y las calles afantasmadas. Agustini parecía otro pueblo, uno vacío.

Tampoco fuimos al desayuno. Las hermanitas deben de haberse atiborrado todo el día con los tamales, mientras que yo, tirada en mi ha-

79

maca, inmune al aburrimiento del pueblo entero, devoraba *Robin Hood*. Terminé de leerlo en un solo día.

Para todos los demás, el domingo fue sofocarse y soportar incomodidades. Nuestras casas estaban hechas para estar abiertas. Como los cuartos estaban unidos entre sí sólo por los patios y los corredores al aire libre, algunas familias pasaron el día en la cocina, para no desplazarse, pero los más agarraban sus negros pañuelos, poniéndoselos sobre las narices para ir de un cuarto al otro.

El maestro de la secundaria imprimió en el esténsil de la escuela una serie de instrucciones a seguir en caso de que la actividad del volcán se incrementara. Recomendaba que abandonáramos Agustini al primer anuncio de alarma que se hiciera sonar por medio de las campanas de la iglesia (tres-dos, tres-dos, repetido cinco veces), explicaba cómo coser los tapabocas con los cuales podríamos dejar las casas si había necesidad de desalojo, y enumeraba aquello que debía uno tener a mano: garrafones de agua, cajas de galletas, pilas, de ser posible un radio que funcionara con ellas, y lámparas de mano o velas.

Sus indicaciones llenaban tres hojas escritas a máquina con dos ilustraciones: el dibujo del tapabocas casero y las rutas de evacuación. Daba una lista de las cosas que debíamos cargar si habíamos de abandonar el pueblo (además de lo arriba enumerado, mantas y hamacas para dormir), y recomendaba cargar lo menos en nuestros vehículos para dejar cabida a la mayor cantidad posible de personas, sin importar (decía subrayado) raza, edad o sexo.

La abuela dijo que eran puras pendejadas, mamá que le daba pereza y en cambio Dulce sí estaba interesada, así que leí yo las páginas en voz alta para que las oyera. En casa, sólo nosotras dos nos enteramos de lo que el maestro recomendaba, y las dos juzgamos a la par que si el volcán estaba decidido a echarnos lava o a cubrirnos con ceniza, lo mejor y lo único posible para salvarnos era mudarnos cuanto antes a otro pueblo, porque todo lo demás parecía ser inútil.

En la tarde sopló un viento que creo que a todos nos infundió miedo. Varias ramas cayeron, y el camino quedó inutilizable porque dos árboles completos se desgajaron. La fumarola del volcán se dispersó. Se fue como había venido.

9. El café

Al siguiente domingo, el grano de café y los cacaos recién brotados se vinieron abajo. A cada casa llegó la noticia en boca del capataz correspondiente, que los había visto caer durante la madrugada. Con los primeros rayos del sol, sin que mediara granizada o tormenta, el café aún completamente verde —no digamos que todavía no colorado, sino ni siquiera terminado de crecer—, y el pequeño brote en que se anunciaba el principio de la mazorca de cacao, sin explicación ni razón alguna, se vinieron abajo. Las puntas de las ramas de los cacaoteros y los cafetos se veían como tronchadas, como si hubiera sido una pizca manual la culpable, y los verdes frutos inmaduros e inutilizables habían quedado tirados en el piso. Jamás había pasado algo así. En la casa los lloraron, como no habían hecho con los pájaros muertos. Era un golpe económico, los agustininos vivíamos del café, el cacao y las naranjas de nuestros plantíos, y muy pocos del ganado.

En la tarde, pasaron por el pueblo unas esporas blancas y eran tantas flotando en el aire que parecíamos hundidos en una corpórea neblina. Los abanicos de los techos hacían bailar las esporas en las habitaciones y parecían atraerlas, creando remolinos de algodón que no dejaban de moverse ni porque uno los tocara. Al caer la tarde, las esquinas de los cuartos y de la calle estaban cubiertas por un residuo blanco y lanudo, verdaderas almohadas para princesas que con los rayos rosados del atardecer se convirtieron en borra color fuego, y que tuvimos que apresurarnos a barrer porque comenzó a despedir un penetrante olor a azufre mientras se convertía en humo, de modo que terminamos en el pueblo entero barriendo nada más la pestilencia, meneándole las escobas a la hediondez insoportable, que por fortuna se desvaneció antes de que nos dieran vómitos o jaquecas.

10. El temblor

Al siguiente domingo tembló. No que no pasara nunca, pero la verdad es que nunca en domingo. Lo regular es que temblara cuando los niños estábamos en la escuela, que la monja gritara con pánico "¡Ha llegado el fin del mundo!", que las alumnas nos burláramos de ella y todo acabara en eso. Pero ahora tembló cuando terminábamos de acicalarnos para ir a la iglesia a la misa de nueve, cuando los indios ya habían salido de oírla y mercaban sus semillas. Como si no fuera suficiente desconcierto el que temblara en domingo, se cayó el techo del mercado, y el resto del día se nos fue a todos los del pueblo, niños, mujeres y adultos, en sacar a la gente que había quedado atrapada adentro.

La abuela no quería dejarme ir a ayudar: "Ahí sólo hay indios", dijo. Cometió el error de decirlo frente al cura, que la reprendió, le dijo que lo que acababa de decir era completamente inadmisible. "Pero si son gente sin razón", todavía se atrevió a replicarle ella, a lo que él le contestó

85

que ni se atreviera a repetir eso en su presencia ni ante los ojos de Dios, que los indios eran tan humanos, si no más, que ella, y que, o me dejaba irme en ese momento de voluntaria, o ella tendría que vérselas con él en el confesionario, así que me fui con los otros a obedecer las órdenes y seguir los ordenamientos del maestro de secundaria que había organizado cuadrillas para levantar pedazos de cartón y trozos de varillas que tenían atrapados a los indios. Éstos se quejaban bajo el techo con lastimeras exclamaciones en lengua. Había una cuadrilla dedicada a auxiliarlos a la salida, darles agua o de comer, curar raspones, tranquilizarlos y hacerlos a un lado para que no interrumpieran las labores de rescate. El cura aprovechaba para, al darles la bendición, preguntar a cada recién salvado si había recibido ya el bautismo, y a los que contestaban que aún no, los fue sentando en una banca que había hecho traer de la iglesia. Cuando la banca estuvo llena, hizo traer otra. Cuando la otra se llenó, fue por una tercera él mismo, y nos encomendó que no dejáramos ir a indio ninguno en lo que volvía con ella de la iglesia. Como en la iglesia no se usaban las bancas para las misas de indios, sino que las pegaban a la pared, dejando espacio para que se arremolinaran las multitudes, aquí al aire libre, recién salidos de la ruinas del mercado, los indios se sentaban con exquisita propiedad e inmovilidad verdaderamente estatuaria, así que cuando el cura fue por la tercera y luego por la cuarta y quinta bancas, ningún indio no-bautizo se intentó dar a la fuga, sino que algunos de los que habían dicho que sí habían recibido ya el sacramento se incorporaron abriéndose paso a empujones en las ya repletas bancas, no sé si buscando la comodidad del asiento de palo, o conmovidos, como ya lo estábamos nosotros, por el cuadro que formaban sus compañeros, el solemne friso de los que esperaban la ceremonia. Los más eran viejos, y mujeres. Había de dos o tres distintas etnias. Unas traían el pecho desnudo, mientras que otras se cubrían hasta las cabezas con oscuros rebozos. Unas traían faldas y blusas bordadas en colores brillantes, otras vestían completamente de blanco.

El domingo entero transcurrió rescatando a los compradores y vendedores de semillas. Cuando ya había caído la noche, presenciamos el bautizo colectivo. El cura les pidió en lengua que permanecieran sentados, y fue de uno en uno hablándoles en su idioma, mientras cantaba melodías indias que no imaginé que él conociera, bañándolos a todos con una jícara pintada, ligero como un bailarín y extremadamente contento, mientras todos los demás, exhaustos, lo mirábamos ir y venir sin comprender un ápice su júbilo.

Las hermanitas prepararon cazuelotas de pozole para la cena. Yo me fui a la casa, a escuchar, mientras me dormía, el cuento de la abuela.

11. El cuento de la abuela

"Cuando vivíamos en la finca, todos los días primeros del mes, incluso el de enero, aunque fuera día sagrado, hacíamos el viaje para ir a visitar a la tía que estaba enferma del día y de la noche, y que por así estarlo tenía manchada en franjas la piel del cuerpo, y en zonas rayadas la de la cara. Los más maledicentes del pueblo le decían 'la cebra del Caribe'. Ella vivía no muy lejos de la casa de la finca, porque era dueña de la que le hacía límite hacia el sur, y había levantado la cabeza de la suya justo a la orilla para quedarnos lo más cerca. Le servía de poca cosa, porque sólo la veíamos una vez al mes; ir era toda una expedición, nos tomaba más de tres horas a paso muy rápido acercárnosle. El camino que salía de la casa de la finca sólo nos alejaba de ella, así que primero tomábamos vereditas maltrechas, pero más cerca de su casa ya no había ni siquiera eso. Siempre el mismo hombre era el que nos guiaba, cortando a machetazos lianas y ramas del camino con zarpazos rápidos y el aplomo de la bestia que troncha una margarita. Ni el ojo más experto podía haber adivinado la fuerza que tenía que imprimir a sus movimientos, ni la resistencia que le oponía la selva. Con elegancia, con un aire de mariposa flotando, columpiaba el machete y meneaba la cabeza haciendo bailar al sombrero de jipijapa, aunque se bañara en sudor por el esfuerzo. Tenía los brazos tostados, los músculos duros como troncos, las venas como talladas por la gurbia sobre sus rigideces. Salía de la finca con la camisa de manga larga, pero a medio trayecto se la arremangaba, sin temer los insectos ni las ásperas espinas ni las hojas que provocaban urticaria, sin protegerse del mosco del dengue y del temible piquete de la viuda negra, sin importarle si un alacrán le caía del cielo, envenenándolo como un rayo de queratina. Al llegar a casa de la tía se bajaba las mangas, se ponía las mancuernillas, y aunque lo cubriera el sudor seguía pareciendo un caballero imperturbable y elegante.

"Durante el trayecto no volteaba a vernos jamás, ni decía una sola palabra. Mi abuela lo llamaba 'el alemán', y nos contaba que de muchacho había andado pelando pirámides para fotografiarlas, pero que después había hecho un disgusto (cuya naturaleza jamás quedó muy clara) y no quería saber nada más 'de esos montones absurdos de piedras'. A la selva en cambio le prodigaba un amor que casi rayaba en fanatismo, como imagino ha de haber profesado antes por lo que terminó llamando, como ya dije absurdos montones de piedras. Con la misma soltura con que lanzaba machetazos a diestra y siniestra —como si Dios lo hubiera creado para ese fin, así topara con las matas más correosas—, trazaba los dibujos en que representaba cada una de las plantas de la selva en grandes hojas de papel que se hacía traer de Europa expresamente. Después, las coloreaba con precisión y paciencia, les escribía su nombre, en otra hoja adjunta sus cualidades (olor, dimensiones, frecuencia y descripción de floración y fruto, etcétera), y pasaba a la siguiente, porque era una labor sin fin, con tanta yerba, tanta mata, tanto árbol y tanta flor que hay en la selva.

"Vivía, siempre impecablemente vestido, como a punto de salir a una fiesta, en un cuarto adjunto a la casa de la tía enferma del día y de la noche, y decía mi abuela que era su único consuelo. ¿Cómo la consolaba el alemán? Jamás los vi siquiera cruzar palabra. Un primero de septiembre que nos tuvimos que quedar a dormir en la finca porque se desató una espectacular tormenta, al caer la tarde el alemán entró a la cocina y sin decir palabra preparó una masa con una cantidad inverosímil de huevos, la batió profusa y enérgicamente y se afanó en freírnos unos buñuelos inflados, como bolitas huecas, que comimos con miel de hoja de higuera. Estaban exquisitos, y se lo dije:

"—Me han encantado sus buñuelos, alemán. Muchas gracias —a lo que me contestó:

"—No soy alemán, niña, soy austriaco.

"—¿Pues dónde nació usted?

"—Nací en el Vaticano.

"—Ni alemán ni austriaco es usted. Por eso no se ha casado, si nació en tierra de curas y monaguillos.

"— Mi papá era el apoderado del Duque de Baden-Baden y estaba en esa ciudad arreglándole unos asuntos. Ahí pasó con su familia tres años, ahí nací yo, y ahí enterramos muy joven a mamá. Yo no había cumplido dos años cuando estábamos ya de vuelta establecidos en Baden-Baden. No tengo un solo recuerdo del Vaticano. Fui un alemán. Cambié mi nacionalidad cuando vine a México de voluntario con las tropas del emperador Maximiliano, y aquí me quedé, a cuidar piedras y a recibir insultos hasta que cambié mi ojo hacia las plantas, y ya ve, a eso me dedico.

"—El alemán no es tampoco austriaco —intervino mi abuela—, tiene tantos años aquí que es más mexicano que el tamal y el mole.

"—Qué voy a ser yo el mole ni qué, si aquí jamás comemos de esa pasta.

92

"—¿Vino con Maximiliano? Si es usted viejísimo... —le dije con legítimo asombro de niña.

"Mi abuela me sorrajó una bofetada por impertinente.

"—Déjela usté, tiene razón y no me ofende.

"—A mí sí que me ofende. Usted es más joven que yo y si estoy para estos trotes no voy a soportar que me digan viejísima, imagínese, con lo que recorrimos hoy de la selva, con estos calores y tanto subir y bajar, cualesquiera huesos viejos se romperían, cómo iban a aguantar...

"Mi tía la enferma del día y de la noche tenía un síntoma central: no podía distinguir entre el uno y la otra. Una extraña dolencia la hacía insensible a la luz. Veía todo entre tinieblas aunque en sus ojos no había nubes ni cataratas, era un mal que tenía ella por dentro. Al no distinguir día de noche, tenía problemas para dormir, porque indistintamente estaba despierta o con sueño sin importar la hora. Pasaba a veces los días en camisones bordados hasta la exageración, y aquella noche que nos quedamos varados en su casa la vi entre sueños caminar, vestida como para salir a una fiesta elegante, cuando en el reloj de pie de la habitación daban las cuatro de la mañana.

"Era incapaz de fingir siquiera que compartía con los demás humanos el horario. Se concentraba en una sola meta que le impedía guardar las más elementales formas de educación: dormir. Para este objeto, se entregaba con un tesón admirable, desgraciadamente no muy bien retribuido, porque si estaba con suerte conciliaba cuando más una hora de sueño. Quince minutos era para ella el periodo más habitual, y después vagaba horas buscando descanso o cómo provocarse otro poco de sueño, caminando entre las brumas de su mal mirar, o tendida en la cama, divagando.

"Me daba compasión. Sufría demasiado con esa enfermedad tan horrenda, que, dicen, contrajo por la picadura de un insecto de la selva. Debe de haberla obtenido al pasear con el alemán, yo me imagino..."

12. El ejército

El siguiente domingo el ejército entró al pueblo. Minutos antes de que dieran las ocho de la mañana, cuando sonaban las campanas llamando a la segunda misa, llegaron a la Alameda cuatro camiones pintados de arriba a abajo de verde. Una cantidad incontable de uniformados bajaron armados hasta los dientes, retiraron los vehículos y se apoderaron del centro del pueblo sin dar ninguna explicación a nadie. Primero, hicieron una formación que impidió la entrada al atrio. El cura salió a ver por qué no tenía más feligreses que las dos viejas beatas que oían misa tras misa, como hongos adheridos a las bancas, y por qué los santos de la iglesia, las imágenes de la Virgen, las veladoras y los floreros se habían súbitamente desplomado sobre la superficie de altares, nichos y repisas. Completamente vestido para dar misa, las santas investiduras en dorado y blanco, se encontró con el ejército de verdes, atrás del cual, pensó, estaría su gente. Sin cambiarse de ropas, intentó avanzar entre ellos, pero cada uno de los soldados sostenía bajo su casco el rifle horizontal, formando una reja intraspasable. Pidió hablar con el general o coronel o el de mayor rango, pero nadie le hacía ningún caso, como si no supieran qué demonios quería decir general o coronel o rango. Lo miraban de frente por pura retórica, porque en realidad ni lo estaban viendo, concentrados en su estar firmes y con el arma bien acomodada.

—¡Ya se jodió la cosa! —nos dijo más tarde el cura que pensó en ese momento—. Otro domingo sin misas. ¿Qué le va a pasar a mi grey?

Yo me imagino, sin querer faltarle al respeto, que el cura más bien se dijo:

—¡Móndriga suerte! Ya se jodió la cosa, este domingo tampoco voy a poder cogerme a mi Pastora en nuestra hamaca.

Para colmo, al pobre cura le tocó sufrir una agravante. Al frente, la formación de hombres —bajo el sol tropical se estarían chamuscando sus cabellos adentro de los cascos que relumbraban— le impedía salir, pero tampoco podía pasar por la puerta lateral de la sacristía, porque habían estacionado uno de los camiones tan pegado a la pared que resultaba imposible abrir la puerta, así que se quedó atrapado con las beatas y con los monaguillos y con las infatigables hermanitas, sin poder largarse a desayunar, mientras le aullaban las tripas. A las once con catorce minutos, hora del reloj del centro (el que todos consultábamos, empotrado en un columnón de madera tallada, a la entrada de la mueblería de la calle Hidalgo que hacía esquina con la Alameda), los soldados comenzaron a desplomarse. ¿A quién se le ocurría ponerse metal sobre la cabeza con este clima?, era una insensatez absoluta. Nunca supimos a qué demonios habían ido al pueblo, aunque sospechamos que habrían escuchado la desgracia del mercado y que el gobierno central debió enviarlos con su tradicional eficacia a "auxiliar a los damnificados", pero esto fue sólo una conjetura, porque nadie aclaró nunca qué objeto tuvo esta brigada especial. De lo que a nadie le cupo duda es de que fue el sol quien los venció. El calor acabó con ellos, tumbándolos uno por uno.

Apenas cayeron, el cura, hecho un basilisco, salió del atrio, ahora él sin mirarlos, cruzó la Alameda y se enfiló al tradicional desayuno dominguero, sin manifestar ninguna piedad por los caídos. Nosotros y las tres hermanitas fuimos tras él pisándole los talones, y el resto del pueblo siguió su ejemplo: nadie se dispuso a ayudar a los insolados.

Pasó un buen rato antes de que despertaran de la siesta el resto de los soldados, dos en cada vehículo (chofer y copiloto) y bajaran a la plaza y encontraran a sus compañeros desvanecidos.

Pidieron agua a todas las casas vecinas, exigiéndola sin amabilidad, y mojaron a sus soldados con cubetadas.

Cuando regresamos de desayunar, la Alameda chorreaba. En medio del vapor que el calor levantara presuroso, los soldados, mareados, daban pasos vacilantes, auxiliándose en los hombros de los únicos ocho enteros para subir en carácter de bultos a los camiones, envueltos en la bruma que ellos mismos habían provocado. Tardaron tanto que cuando el último subió ya no quedaba en la Alameda ni rastros de agua, ni nube de vapor, ni tampoco un soldado capaz de practicar la posición de "firmes". Salieron los camiones, cacareando. Quedaron algunas armas regadas en el piso que el cura ordenó llevar a la sacristía. Después, me pidió que hiciera correr la voz de que habría misa a las seis. A la hora de la hora, lo de misa fue pura retórica. Nos juntamos en la iglesia y el cura nos arengó con todo tipo de argumentos en contra del ejército, las armas, las guerras, predicando la paz con un largo y conmovedor discurso que ocupó tantos minutos como para comerse el tiempo de un par de largas misas. Cuando vio que su grey comenzaba a dormirse, echó un ojo al reloj y prometió la ceremonia para el próximo domingo. Ni qué decir que ese día no hubo paseo por la Alameda, los hombres girando hacia un lado, las mujeres hacia el otro, la orquesta no tocó y varios niños nos quedamos sin merienda porque los ojos se nos cerraban al llegar a nuestras casas. Quién sabe cuántas horas habló tan belicosamente el cura contra toda belicosidad (que no verbal), falseando incluso pasajes de la Biblia.

13. La tormenta eléctrica y los sapos

Al amanecer del siguiente domingo cayó una tormenta eléctrica verdaderamente memorable que dejó tristes secuelas. El kiosco central de la Alameda se incendió, como la máquina para hacer helados, recién llegada al pueblo, por culpa del rayo que cayó sobre la ceiba gigantesca que daba sombra al kiosco. También la tienda que había al pie del kiosco del otro lado de la nevería se quemó por completo. No quedó ni el aparador, ni una sola de las mercancías. Hasta las latas se habían quemado. El rayo había dejado intactas las bancas de la heladería, como si ellas fueran para ser maltratadas solamente por el sol y el agua.

El pueblo entero estaba abrumado con este asunto. Para colmo, nosotros perdimos una vaca. Llegó a la casa achicharrada, a lomo de cuatro indios que la echaron sobre un largo palo para transportarla. Sí que era cosa de ver, todavía con los ojos bien abiertos, negra como la noche brillante o como el carbón. Los cargadores insistían en meterla a la casa, la abuela en que no, pero como en mi casa nunca hubo duda de quién tenía la vara de mando, la depositaron sobre la acera. Apenas le apoyaron sus cuatro patas sobre el piso, la vaca quedó prácticamente reducida a cenizas. Cuando los indios recuperaron su largo palo, quedó en el piso una pila de negruras y un trozo reconocible de cabeza desde el que el ojo de la vaca parecía seguir mirándonos. Fueron muchos los testigos de su desmoronamiento.

La abuela tuvo un ataque de ira por "tanta mugre que me vinieron a traer estos buenos para nada", pero los indios ni se inmutaron con su represión. Habían venido cargando la tostada vaca desde la finca para que no los acusara la abuela de ladrones y los hiciera azotar con varas, según costumbre. Al capataz no habían conseguido despertarle, porque el día anterior había festejado su cumpleaños, llenándose tanto el cuerpo de ron, que ni la tormenta eléctrica ni los llamados de los indios lo sacaron de su etílico sueño.

El camión foráneo de nueva cuenta llegó horas tarde. Los niños corrimos a ver qué había pasado. El chofer venía demudado y pálido. Los pasajeros parecían aterrorizados. Se sentaron en las bancas de espera y se tomaron su vaso de refresco antes de poder contestar a nuestras preguntas, "¿pues qué les pasó, oigan? ¿Qué vieron?, ¿por qué llegan tan tarde y con esas caras?".

La pasajera más vieja fue la que habló primero:

—Yo la verdad ya había visto una, sólo que ahora con el ruidero del camión...

—¿Cuándo la vio? —le pregunté, sin saber siquiera de qué hablaba.

—Creo que he de haber tenido tu edad, niña. Era una tarde de lluvia. Venía a caballo con papá. Regresábamos (me acuerdo muy bien), ¿cómo iba yo a olvidarlo?, del entierro de mi mamá, pobre —se persignó—, Dios me la guarde en su gloria. La habíamos llevado a su pueblo, y veníamos de vuelta al nuestro, cuando de pronto la vimos cruzar el camino frente a nosotros y pasar, pasar, pasar, y pasar y pasar antes de que le saliera la cola de la otra orilla del camino. Así como si nada se perdió en la espesura. El caballo ni le relinchó, obedeció a la orden de papá, el Dorado fue un caballo muy noble. Nos quedamos los tres inmóviles mirando a la gigantesca nauyaca, tan callados que ni supo que ahí estábamos mirándola pasar y pasar, y pasar y pasar, interminable de larga. Por eso no nos ahorcó. Pero al camión, ¿cómo se le calla? Ahí estaba, bufando con todo su ruidero, eso fue lo que pasó.

—La de hoy era demasiado grande, se había oído decir de unas inmensas, pero esta medía a lo menos once metros.

—¡Qué va! Lo menos medía quince.

103

—¡Por mí que más!

—No quería pasar. Se quedó ahí nomás, frente a nosotros, alzando su horrenda cabeza de víbora.

—Pues claro que de víbora, ¿de qué más?

—Y se enrollaba la muy fresca, se enrollaba en el camino.

—Le debimos echar encima el camión.

—¡Cómo no! Se hubiera enroscado al camión, lo habría tirado y a todos se nos habrían roto las cabezas.

Se habían soltado a hablar al unísono, todos con sus versiones y sus opiniones, y por más grande que fuera su nauyaca yo dejé de ponerles atención y regresé a la casa.

Seguían limpiando la vaca quemada. Las cenizas eran grasosas, y como era domingo no estaba la hábil Ofelia; sólo había conseguido la abuela a dos muchachitas del pueblo que fregaban y tallaban.

—Si quieren mi opinión —dije para mí, pero en voz bien alta— esa mancha nunca se va a quitar.

—Tú no sabes nada —alzó la cara una de las dos niñas, tal vez menor que yo—. Nosotras hemos quitado cosas peores.

—¿Te acuerdas cuando limpiamos el cuarto de los Álvarez? —le preguntó la hermana (debía serlo, eran idénticas), haciéndose su cómplice. Y añadió mirándome: los habían matado a todos a machetazos, y todo estaba lleno de sangre y de trozos de cerebro; el piso, las paredes, las ventanas, el colchón. Lo limpiamos todo, mi hermana y yo. Lo dejamos como tacita de plata.

—Como pátina de altar.

—Nos tardamos unos días, pero de tanto tallar y tallar todo quedó como nuevo.

—Tiramos el colchón.

—Pues sí, lo tiramos.

—Le tallábamos y tallábamos y nomás le salía más sangre. Por mí que había alguien adentro, que quién sabe cómo le habían metido por dentro un muerto. Así que mejor lo tiramos.

—Lo malo es que un chamaco lo enterró atrás de la casa.

—Lo bueno es que ahí donde lo enterró se llenó de hortensias. Ya sabes que las hortensias beben sangre, ¿verdad?

—Lo malo es que los últimos días que estuvimos ahí limpiando, el muerto del colchón se nos aparecía.

—Nos jalaba los pies.

—Pero ni así dejamos de limpiar, hasta que todo quedó bien limpio.

—Le echábamos jabón FAB aquí, FAB allá y talle y talle...

A todo asentí sin rebatirles, aunque no les creía ni pío, y me metí a la casa. Era hora de arreglarse para el paseo dominical. Amenazaba tormenta. Mamá estaba ya lista para salir a pasear a la Alameda, y la abuela la reprendía, alegando que era una necedad pensar darle de vueltas al kiosco chamuscado, que eso sí que estaba mal, que hoy de seguro ninguna mujer decente se atrevería a ir a la Alameda, cuando se soltó a llover y de qué manera.

Entramos a la sala de la casa, entraron también las dos chamaquitas limpiasangre. Dulce corrió a su cuarto y la vieja Luz se quedó en la cocina. La abuela dejó de discutir con mamá, y empezó a contarle no sé qué historia. Las limpiasangre me hablaban en voz baja, otra vez del que jalaba pies en el cuarto de los Álvarez, cuando de pronto todos los sapos que Dios puso en esta parte del mundo comenzaron a saltar y a estrellarse contra las ventanas de la casa que miraban al río, y contra las paredes, y contra cuanto había, y cayó la noche sin que dejara de llover agua y sapos a la par. Ya no hubo truenos ni rayos, pero fue peor, porque nada iluminó ni por un momento la atrocidad que se prolongaba volviéndose más siniestra al hacerse más nocturna.

El lunes me fui a la escuela a la hora normal, desvelada pero puntual. Todas las alumnas hablaban de los sapos estrellándose, nadie se acordaba ya de la vaca carbonizada ni de la nauyaca, y lo del kiosco amenazaba hacerse tan pronto costumbre. Todo era hablar de sapos para aquí y para allá. Una de las grandes dijo en el patio que todo era culpa del cura, que era porque hacía cochinadas con las monjitas. Aunque yo era mucho más chica, me atreví a discutirle, le dije que eso que ella había dicho era mentira de los pies a la cabeza, que el padre Lima no hacía ninguna cochinada con las hermanitas, que yo las conocía muy bien, y que la boca se le iba a hacer chicharrón por mentirosa. Ella me contestó que yo era muy niña, y me espetó:

—A ver, ¿qué son cochinadas?

—Cochinadas es colgarse de la hamaca un hombre y una mujer desnudos mientras que se ponen a gemir como puercos en el matadero y a chuparse, a lamerse, pellizcarse y...

Todas se echaron a reír, interrumpiéndome. No volvieron a hablar mal de las hermanitas, y decidieron echarle la culpa de la tormenta eléctrica y de sus réplicas (la nauyaca y la vaca) a la moda de mascar chicle bomba durante las mañanas, que la semana anterior se había instalado en la escuela.

A la salida de la escuela, todas nos habíamos convencido de eso y no había una sola alumna con chicle bomba en la boca. Me sentía extrañamente alegre y victoriosa. Las hermanitas habían salido impolutas y el cura seguía siendo respetable gracias a mi intervención fabulosa (¿cómo se habían dejado engañar tan fácil? —me decía adentro mío—. Estaba segura de que ninguna sabía qué era lo de hacer cochinadas, como tampoco yo, pero mi versión, por rara les había parecido verosímil). Una de cal, me decía para mí, por las que van de arena, y por unos momentos me sentí como una niña luminosa y llena de bien, como un ángel. Cuando entré a la casa, me di cuenta de que las limpiasangre se habían multiplicado. Un verdadero ejército tallaba vidrios y paredes. No un ejército ridículo con las cabezas galvanizadas, sino uno de indias limpionas. Bajé al lado del río y vi que en cada casa se repetía la misma escena que en la mía. ¿De dónde había salido tanto indio a limpiar? Los habían traído de las fincas, separándolos un día de los campos de cultivo, de los potreros y cafetales. Al caer la tarde, entraron al patio central a cenar de una enorme cazuela de pozole que les había preparado expresamente la vieja Luz. Fue una de esas muy escasas noches en que la abuela no contó historias. Las dos entraron a mi cuarto, cerrando la puerta con el pasador, y ahí la peinó mi nana Dulce en silencio, mientras los descalzos entonaban a la intemperie cantos indios a la Virgen, antes de acurrucarse a dormir sobre el piso.

Canciones, lamentos, maullidos solemnes prolongaban las notas y las sílabas, transmitiendo un dolor ancestral y recordando un pesar muy antiguo, mucho más añejo que la Virgen, penetrándola de su necesidad de amparo, de una desnuda bondad meláncolica, tan desnuda y tan buena que provocaba miedo.

Cuando desperté a la mañana siguiente, no había huella de indios. Se los habían llevado en camiones de redilas a sus lugares de trabajo, y los que no habían cabido ya habían emprendido su regreso a pie. En cambio, había reaparecido el campamento gitano. Cuando regresaba a casa no recuerdo de qué diligencia, una de las gitanas me detuvo:

—Oye, tú, niña.

Tenía estrictamente prohibido platicar con las gitanas, porque, según la abuela, robaban niños, los escondían con ganchos bajo sus anchas faldas y los llevaban a mendigar a países lejanos, sacándoles a algunos los ojos, si los tenían feos, y a otros durmiéndolos con pócimas de noche y de día. Además, decía, las mujeres no conocían la decencia y los hombres eran unos ladrones.

—¿Sabes por qué se quemó la vaca de tu rancho? —me preguntó la gitana, descarada, mirándome directo a los ojos, quién sabe qué le daba el derecho de hablarme de tú a tú.

—Porque le cayó un rayo —le contesté de la misma manera.

—¡Qué va! ¡Si serás pende...! —aspiró la última sílaba.

—Nada de tonta, ni me diga. La vi con mis propios ojos, no me trate usted de engatusar.

—Se puso así por comer mangos.

—Ay, gitana, deveras que tú no tienes nada en la cabeza. ¿Qué tienen que ver los mangos con la quemazón?

—Tiene que ver muy sencillo. ¿A poco crees tú que en todo el mundo se comen los mangos? Esta vaca quién sabe de dónde la vinieron a traer...

—Era fino ganado cebú, aguanta todos los climas, vienen de la India...

—Seguro que de donde vino no había mangos. Probó uno, le gustó (¿pues a quién no?), y seguido el otro, y otro y otro más hasta que se le fueron cociendo todas las tripas, y por último la carne y la piel, hasta quedar quemada de arriba a abajo, por adentro y por afuera. Les pasa lo mismo a las güeras como tú que comen de más lo de estas tierras, ¡ten cuidado, niña, cuidado! ¿Quieres que te lea tu suerte? Dame una moneda y te leo tu futuro, ándale, dame la mano, ahí la sé ver.

Le entregué la mano a la gitana. La miró atentamente. Cerrándomela, me dijo viéndome a los ojos:

—No te la leo. No me gustan las monedas de los que tienen tu suerte. Y no comas mangos más, que a mí me parece que ya tienes la mitad del corazón amarillo y la otra llena de cuero tostado, me parece...

14. La vieja Luz

Al siguiente domingo, la vieja Luz amaneció con las llagas de Cristo. Sin darles mayor importancia, se sentó en su silla de palo a trozar con su molino de mano el café recién tostado, pero como no le podía dar vueltas a la manivela porque se le atoraba donde los clavos, se echó a llorar. Llorando la encontró la abuela, y mandó llamar de inmediato al doctor Camargo que apenas la vio hizo traer al cura. Ya para este entonces, la vieja Luz levitaba con todo y silla de palo e insistía en palmear las manos para que cantáramos ella y yo juntas, según costumbre, mientras mi abuela la reprendía porque salpicaba sangre en la cocina. A pesar de los regaños y las llagas, la vieja Luz no dejaba de sonreír de lo más placenteramente. "¿No te duelen las llagas?", le pregunté. Y ni me contestó. Era obvio que no, y que para ella eso no eran llagas sino señas de Cristo. Su blusa estaba empapada de sangre.

El cura se mesaba los cabellos porque ya veía venir que se le iría otro domingo sin misas y sin hamaca. "Tenía que ser domingo —decía para sí, pero alcanzábamos a oírlo—. Este hermoso milagro tenía que caer en domingo." La vieja Luz sintió ganas de orinar y aterrizó su silla suavemente en el piso, y con sus frágiles e inseguros pasos, ayudada por mi nana Dulce, se dirigió al baño. Tardó más de lo habitual. Cuando Dulce forzó la puerta del diminuto cubo sin ventanas para ver qué le pasaba a la viejita que ni contestaba ni salía, se encontró con que Luz no estaba. Al pie del excusado, descansaba la ropa de la viejita, los zapatos, la larga falda gris, la blusa, el fondo, los calzoncillos, las marcas de sangre que habían dejado sus ensopados zapatos; eso era todo. La negra Luz se había disuelto en orina. La nana Dulce, sin resignarse a perderla, llamó a la concurrencia que poblaba la cocina pidiendo auxilio para dar con ella, al cura, al doctor, a la abuela y a mi mamá, a las vecinas y las tres hermanitas, que se asomaron al cubo del baño sin comprender, hasta que vieron la ropa y en la taza del baño los orines. La abuela y el doctor inspeccionaron cautelosamente, mientras las tres hermanitas cantaban un loado sea Dios en latinajos, el cura rezaba en voz baja y las vecinas corrían a dar la nueva por el pueblo. La vieja Luz no se había podido ir por ningún resquicio simplemente porque en este

112

baño no lo había. Se convencieron de que su fuga era completamente imposible, jalaron la cadena, juntaron sus ropas, y el cura mandó pedir que tocaran las campanas a muerto. Mientras las escuchaba, se enfiló a la iglesia, presuroso a dar misa. Habían dado ya las nueve de la mañana, y la iglesia estaba atiborrada de feligreses blancos e indios, inusualmente mezclados, que tenían hasta dos horas esperándolo en medio de rumores de todo tipo que incluían y no a la vieja Luz. El cura explicó desde el púlpito cómo había sido su fin, y cómo había muerto con olor a santidad, sin aclarar que éste era más bien a orines.

A pesar del buen signo augurado por la santa y vieja Luz, algo ocurrió durante la semana que escapó a los ojos de una niña, pero que forzó al cura a tomar una decisión que vino a hacer pública en la casa la noche del jueves: de ahora en adelante el séptimo día de la semana él se quedaría en Agustini. Ni el cura, ni mamá, ni yo regresamos jamás a la rutina. Él optó por dividir sus misas en tres días: el domingo se quedaba en su parroquia, sábados y viernes iría y vendría, ampliando todavía más el área de su predicación. El viernes lo acompañaría mamá. El sábado, que era día de limpieza, la abuela no lo hubiera permitido, pero el cura ni se lo pidió, sólo nos avisó que ese día él viajaría solo, hacia quién sabe cuántas rancherías.

15. Dios descansó

Al siguiente, décimo domingo de esta resma, infiel a las tradiciones hasta en el número que debe corresponder al día de reposo, el dios de mi pueblo descansó, permitiendo a la rutina retomar su propio y matinal curso, como si sólo esperara la decisión del cura de no viajar más conmigo los domingos para detener la maquinaria de enojos y prodigios. Lo mismo hicimos nosotras tres, emulando la actitud divina.

Las misas fueron dedicadas fúnebres a la vieja Luz, convertida espontáneamente en doña Luz. Las de los indios llenaron la nave de la iglesia de flores, cantos, danzas y el perfume del copal, que no se esfumó ni cuando los monaguillos acomodaron las bancas para la misa de nueve, a la que llegamos todos vestidos de riguroso luto. En el atrio, los indios habían dejado una hermosa alfombra de flores, y granos de distintos colores. Adentro, la nave estaba llena de velas y de ramos de cempasúchil color naranja al pie de los muros y las columnas. El perfume irremovible también ayudaba a dar a la ceremonia un ambiente profundamente conmovedor. Pasé la misa lagrimeando por mi viejita, recordando los caramelos, las palmadas, el flan, el asesinato de las gallinas y las tortugas, sus cantos y los bebés berreando sin energía. Dulce lloraba inconsolable, y cuando salimos se quedó atornillada a su duelo y a la banca.

Ahí la dejamos para que llorara a gusto, y nos fuimos a la casa del cura. Después del desayuno, en el que las hermanitas, vestidas también de luto, volvieron a discutir sobre el bordado del mantel, con tanta concentración y vehemencia como si fuera consejo papal, nos sentamos en las bancas y las hamacas del jardín del cura, del otro lado de los laureles y las matas de flores del paraíso que celaban las hermanas, donde rozaba el río, a ver correr el agua y mecerse ociosas las lanchas de los pescadores, conversando sin rumbo fijo. La abuela también se sentó con nosotros, contrario a su costumbre de salir huyendo. Escuchó hablar a las hermanitas, al cura, a mamá y a mí, sin intervenir en la plática. No dijo ni pío, hasta que de pronto comenzó:

"Pues verán ustedes...

16. El cuento de la abuela

"Han de saber que una vez gobernó estas tierras un hombre que no había nacido en el país sino en Cuba, en los tiempos en que ir y venir a La Habana era más sencillo que ir a Villahermosa, porque no había pangas para cruzar los ríos, había que dejar el caballo en una orilla del Tancochapan y conseguir montura en la otra ribera, y así de nuevo en el río Mezcalapa, y ni qué decir del Grijalva y del Usumancinta, si había que atravesar los dos mares para llegar a la ciudad, que entonces ni Villahermosa se llamaba, era San Juan Bautista. Y ni digo nada de ir a la ciudad de México, que como estaban entonces los caminos, no había manera de llegar allá nunca.

"Este hombre, Francisco Sentmanat, casó con una de las hermanas de mi abuela, la hermana mayor; pobre, qué vida fue a tener. Se casó por amor, no por conveniencia, aunque cuando llegó al matrimonio más de uno pensó que era la ambición lo que la llevaba al altar, porque

117

entonces Sentmanat era el dueño de Tabasco; nadie le decía no, él dictaba en todo la última palabra. Creo que por su parte también se debió enamorar de mi tía Dorita, porque si no, pues cómo se explica, ¿verdad?, tan lleno de muchachas por qué se iba a atar a una que era menos rica que él y que además dicen ni era tan hermosa. No que fuera fea, de las hermanas de mi mamá ninguna era fea, pero Dorita, no es por nada, fue la menos dotada, no era notoria ni por sus ojos, como Sara, ni por la piel de muñeca que tuvo mi abuela, ni por la cintura de mariposa de la Nena, en fin...

”Resulta que este Sentmanat hizo lo que le dio la gana hasta que sus abusos le colmaron a todo el mundo la paciencia y lo echaron fuera de Tabasco. Era un tirano, es la verdad; lo tengo que decir aunque estuviéramos emparentados con él. Por una parte, declaró la independencia de Tabasco, diciendo que es lo que nos convenía, y bueno. Pero por la otra, estuvo pinche y pinche, jeringando a diestra y a siniestra, creyéndose yo no sé con qué derecho, porque era caprichudo y ambicioso y tenía un carácter que por una cosa cualquiera asesinaba o tomaba a la gente prisionera, fuera quien fuera. Además, por mucho que quisiera a la tía Dorita, hacía suya a cualquier mujer que se le antojase, como si en Tabasco todas fuéramos indias que uno puede tumbar entre las cañas y los cafetos sin haber consecuencias. Aumentó bárbaramente los impuestos, puso tierras de éstos y de aquéllos a su nombre, hubiera finca o no, volvió insoportable su régimen, por lo que hasta la familia que era de él, la nuestra, la de los Ulloa, se volvió en su contra. Ya hacía tiempo que desde la capital del país se le había declarado ilegítimo, pero eso qué demonios iba a importar entonces acá, si les quedábamos muy lejos, como ya les expliqué. Más consecuencias si La Habana o Mérida nos hubieran declarado la guerra, pero eso no pasó, Sentmanat era íntimo amigo del gobernador de Yucatán, y hacía una cantidad innumerable de negocios con los cubanos y los españoles de la isla. Pero el caso es que los Ulloa y otros tabasqueños terminaron por echarlo fuera, habiéndose Sentmanat ganado a pulso la expulsión con tanta barbajanada y tropelía que ni tiene sentido contar.

"Se fue a vivir, con todo y mi pobre tía Dorita, a Nueva Orleans. Dicen que tenía una casa muy bonita, tres se construyeron en San Juan Bautista imitándola, una es la de mi tía Nena, hermana de Dorita, cuyo marido había tomado como un asunto muy personal derrocar al gobernador Sentmanat, y no es que el marido de la Nena fuera especialmente buscapleitos o envidioso, sino que Sentmanat se lo buscó. Por-

119

que no contento con ser el mandamás de todo cuanto había en el estado, y con dar él la última palabra siempre, y con ser él la ley y el orden, declaró como propias tierras que eran de toda la familia, y peor aún, las de gente que ningún parentesco tenía con él, bastaba con que hubiera en ellas árbol del caucho. Sentmanat era amigo de unos alemanes que habían venido a ordeñarlo, olfateando el negocio que era, porque Europa había descubierto su utilidad en mil modalidades (peines, zapatos, bolas de billar, botones, cubetas, objetos aisladores de la electricidad, cajitas, mangos de cuchillos, etcétera), y sumando números, vio que con esto haría una fortuna, y se declaró dueño de las tierras con árboles del caucho.

"Así que se fue para Nueva Orleans, se hizo una casa fabulosa, y todos pensamos que ahí acabaría la historia de Sentmanat con nuestras tierras, pero no le habíamos tomado bien la medida, que él no se hacía chiquito ni porque Tabasco entero le hubiera manifestado su repudio, así que les he de contar que organizó una expedición filibustera, armó dos barcos en el río Mississippi, cruzó el Golfo de México, entró por Paraíso, donde tenía como aliados a sus amigos alemanes, llegó a San Juan Bautista y lo tomó, sobre todo porque fue un asalto por sorpresa, no es que fuera tan hábil estratega, era un ser más bien de impulsos y caprichos, y meditar dos veces las cosas era algo que no se le daba. A él le hervía la sangre y le rechinaban las arrugas del cerebro, pero pensar, tramar con inteligencia un acto, no iba con su manera de ser. Pero eso no podía durar muchas horas, cómo iba a ser que la capital de la región cayera en manos de piratas, por más que nos encontrara de bajas, porque mientras él se había ido a Nuevo Orleans a poner casa, a armar los barcos filibusteros, aquí había caído una epidemia de fiebre amarilla, que fue cosa terrible, de la que murieron muchas personas, y que era espantoso contraer. Al principio, sólo daba fiebre, era como un ligera gripa con malestares estomacales y una congestión notable, pero después, si no cedía en esta primera fase, el enfermo presentaba ojos brillantes, y le daba fotofobia, y si no paraba aquí la enfermedad ya podía esperarse el peor de los desenlaces, porque venía un ataque de ansiedad, vómitos, erupciones y urticaria, hasta que aparecía el vómito negro, como poso de café, y los delirios. Por más que se diera morfina para los dolores del estómago, y que se cohibieran las hemorragias con preparados de adrenalina, no había nada eficaz contra la enfermedad, ni contra las convulsiones, ni que detuviera los sangrados, y la muerte llegaba inevitable. Dicen que los cadáveres (me lo dijo mi tío Juan, que entonces estudiaba en la escuela de medicina) tenían lesiones en el duodeno y ulceraciones en el corazón. Si mal se veían por fuera, mucho peor quedaban por dentro.

"Pero aunque hubiera habido aquí la epidemia de fiebre amarilla, aunque hubiera diezmado a los jóvenes y los maduros, porque no daba ni a viejos ni a niños, los niños mismos se armaron contra Sentmanat. Fue un ejército de chamacos el que lo venció y el que sin esperar juicio ninguno lo llevó en caliente a fusilar a Talpa, adonde llegó con el cuerpo en jirones, las piernas deshechas porque lo habían llevado arrastrando, jalándolo como a un bulto con una cuerda, dando tumbos, más muerto que vivo, si hubieron de fusilarlo acostado porque ya no había cómo ponerlo en pie, y dicen que aunque pensaron atarlo a una cruz, de inmediato hicieron a un lado la idea por creerla inconveniente, que Sentmanat era un pillo de pe a pa, mientras que la cruz evoca la memoria de Cristo. Cuando llegó a San Juan Bautista el correo del señor Mac-Intosh —el que ideó cilindrar el caucho entre dos telas, el millonario inventor de las impermeables, que también tenía fábricas de esponjas de caucho, era socio de Sentmanat en varios negocios, amigo personal de presidentes, uno de los hombres más ricos de la Tierra—, cuando llegó su correo pidiendo clemencia, el fin de Sentmanat estaba hecho. Dicen que pasado el alboroto que trajo su muerte, las hermanas de mi abuela y de mi tía Dorita se embarcaron en las mismas goletas en que había él venido de filibustero, se dirigieron a Nueva Orleans, llegaron directo a casa de mi tía, y la saquearon, llevándose cada una lo que era de su gusto, que si vestidos, que si muebles, que si joyas, que si objetos o cuadros, mientras que Dorita lloraba y les pedía piedad, recordándoles que ella era su hermana, '¿hermana de quién?', le contestó Sara, 'si cuando tu marido dejó a mis hijos sin un centímetro de tierra, no tuviste corazón para defenderlos, hermana no sé de quién serás, pero mía no; sólo vengo a agarrar lo que es mío, lo que tu marido y tú ganaron con mis tierras, haciendo negocios con los alemanes. Esto es lo que te compraste con los panes de caucho que tu marido y sus secuaces iban a vender a Europa en los barcos de los ingleses'.

"Volvieron con las goletas cargadas de tesoros. De ahí tenemos nosotros el jarrón de la dinastía Ming que está en la sala y otras cosillas, aunque mi abuela no fue, porque todavía era niña, pero las hermanas le reservaron su parte, porque todas las Ulloa tenían mucho sentido de justicia. Yo creo que a su manera, hasta Dorita.

"De esa pobre no se supo nada más. Dicen que se decía que se dio a la vida ligera, pero la verdad es que yo no lo creo, para mí que son puras habladurías, si era una Ulloa a pesar de todo, cómo creen que se iba a dedicar a eso, ni que fuera una nacida en la calle, sin nombre, sin orgullo, sin madre ni padre. Ya suficiente pena tenía la pobre con soportar perder al marido, doble porque fue de esa manera, y no tener más el afecto, el cariño, el respeto de su familia, como para todavía irle dando vuelo a la hilacha.

"Pero dicen que se decía que en el pequeño barco en que ella y Sentmanat dejaron Tabasco, cuando ya no soportamos los abusos del marido, ella recorría el Mississippi, ofreciendo piernas y brazos y todo lo demás a diestra y siniestra, reclutando muchachas de las que también sabía hacer negocio, y que se hizo tan rica que aquella casa que fue de admirar no podía ni compararse con la que después se construyó en Baton Rouge, cuando le dio por hacerse pasar por francesa, ya gorda y vieja, inflada en billetes mejores que los bilimbiques que mis tíos acumularon para después sólo alimentar el horno del pan, porque llegaron a tener baúles llenos de dinero que perdió valor sin previo aviso. Un desastre, este país es un desastre..."

17. La playa

El jueves de la siguiente semana, día feriado, mamá tuvo la ocurrencia de llevarnos a las tres a la playa. Le pidió al cura su coche prestado, que él ya le había enseñado a conducir, y la vimos manejar por primera vez, con un aplomo y un estilo varonil que no le habíamos imaginado. Se puso un hermoso vestido blanco de algodón bordado, con una cinta azul cielo a la cintura, tal vez un poco pasado de moda pero que la hacía verse muy juvenil. Estrenó unos lentes oscuros "para ver mejor en la carretera", que le quitaban todo aire demodé. Y se pintó la boca de un rosa pálido y ligeramente nacarado, del mismo tono que sus uñas, siempre impecablemente manicuradas por las muchachas del salón de belleza, que la adoraban, "Tu mamá es una dama, ¡es tan fina...!" Al cuello se echó una ligerísima mascada blanca casi transparente. La abuela se puso un vestido de fondo blanco, pero plagado de marcas oscuras, con botones al frente y manga corta. Las dos llevaban sombrero de ala ancha mamá blanco y la abuela gris. Tomamos el camino de siempre, pero nos desviamos hacia el que llevaba a Villahermosa. El asfalto me pareció en condiciones impecables, y aunque sólo tenía dos carriles, era a mis ojos una carretera espaciosa y moderna, sobre la que íbamos, me pareció, casi volando. La abuela, que opinaba en esto como yo, se quejaba de la velocidad, mientras que yo, con cada uno de mis poros y con la boca abierta, la agradecía. A la derecha de nosotras empezaron a aparecer largas hileras de dunas brillantes, casi doradas, que se alternaban con plantíos de papayas, matas de plátanos y palmas cocoteras, todo alineado por el hombre y por madre natura como para ajustar una vez más nuestra visión de la realidad antes de que el desorden del mar nos instigara a desquiciarnos por completo. El chicozapote empezaba a crecer en medio de las grandes ramas de sus inmensos árboles, una dura piedra brotando desde las yemas de las hojas, como una aberración anómala en el centro de las tupidas varas. Los mangos colgaban de sus espesos árboles, amarilleando el follaje aquí y allá. Las ceibas gigantes acogían un sinnúmero de orquidáceas y de trepadoras, pequeños universos de variedades verdes. Los changos pasaban en grupos columpiándose a la vera de la carretera, y hubo un momento en el que la parvada de flamingos siguió nuestro camino, graznando en nuestras cabezas.

Pasamos un pueblo de nombre Tamarindo, miserable, crecido al amparo de la carretera, lleno de puestos de venta, probablemente inventado de improviso con el único objeto de vender comida y refrescos a los paseantes. Ni un árbol de tamarindo, por cierto, se podía ver en su única calle, pero en cambio sí comer manos de cangrejo, rebanadas largas de plátano macho fritas, o beber jugo de piña recién prensado. Cruzamos Paseo de Varas y Chalchihuacan, fundaciones más serias, con su iglesia colonial y la alameda al centro para que sus jóvenes pasearan buscando amor y con quién hacer familia.

Por fin, llegamos al mar. Nos recibieron primero los restoranes de mariscos con sus músicos ruidosos, asentados en palapas de piso de cemento y mesas de metal sin manteles que les prestaba alguna fábrica de cerveza, a cambio de que los anunciaran, de las que dijo mi abuela "yo no como en esas puerquezas".

—No, mamá, ni te preocupes, no te voy a sentar a comer ahí, tengo otra cosa planeada.

La arena era clara y fina, el mar azul oscuro. Como era día de asueto, había un gentío jugueteando a la orilla del mar, niños, mamás, las abuelas: abundaban las manatíes en fondo de nylon transparentado por el golpe de las olas dejando

127

ver sus pechos gordos y gigantes, como voluminosos cuerpos adheridos por venganza a ellas, algunas barrigas descomunales, muslos desorbitadamente inmensos, según mi criterio de niña. Las manatíes eran felices, los niños aullaban revolcándose de alegría, las mamás sonreían, los papás boca abajo dejaban que la arena se les colara en los calzones sin inmutarse. Vivían al mar con una exaltación animosa, como la mayor de las fiestas. La abuela los observó a todos con desprecio, desde la palapa en que nos habíamos hecho acomodar por dos muchachos diligentes. Sorbíamos agua de coco fresca.

—Cómo se atreven a nadar en esas fachas, no me lo explico —dijo la abuela—. Para eso hizo Dios los trajes de baño, gente ignorante que ni siquiera sabe que existen.

—Ay, mamá, deveras, cómo dices eso. Los trajes de baño son carísimos.

—Pues entonces que no naden.

Un niño en calzoncillos recogió de la arena un popote usado, y con él se improvisó una cerbatana con la que le arrojó a la abuela un proyectil de papel bien merecido. No la había oído, su instinto le decía con justeza que debía atacarla. La abuela no sintió lo que le había caído en el pelo, y yo miré al niño con ojos fulminantes, temiendo lo peor si ella se daba cuenta. El niño salió corriendo, muerto de risa.

—Tú no sé qué tienes, siempre defendiendo a los mugrosos, ni falta les hace, bien que se saben defender solos. Son el mal del país y tú todavía...

En lugar de oírlas enfrascarse en alguna discusión, me levanté de la silla, me quité el vestido y en mi traje de baño corrí al mar. Dejé a los pelados en la orilla, revolviéndose con sus papás enarenados y sus manatíes, y como una sirena me fui nadando, mientras la abuela y mamá me daban voces para que volviera. Yo, en cuenta. Seguí nadando hasta que llegué a la segunda playa, la que se formaba mucho más allá, a unos cien metros de la costa. Las vi entonces haciéndome señas con los brazos, y supe que tenía que volver, porque me llamaban con exagerada insistencia. Bajo mis pies, la segunda playa estaba cubierta de conchas y estrellas redondas de mar (¿por qué demonios llamamos a esas redondeces estrellas?), y pensé que debía regresar al rato a buscarlas. Quién sabe qué les picaba a esas dos que me gritaban tanto. Me eché un clavado y nadé hacia la orilla. Cuando toqué piso di pasos largos para salir y reunírmeles, porque las dos me gritaban que me apresurara, las caras desencajadas, desgañitándose.

Escurriendo agua del mar me di cuenta de que no eran sólo las dos histéricas de mi familia quienes veían con preocupación que yo saliera, y giré la cara al horizonte. Sobre el mar se extendía otro manto de mar, una enorme sábana de color más claro, que frente a mis ojos se comió la playa falsa en la que acababa de estar.

—Niña —me decía la abuela— pero qué imprudencias las tuyas, te podías haber ahogado, a quién se le ocurre meterse hasta allá, es una sandez.

Si no era para meterse, ¿para qué más era el mar? Me despegué de las dos regañonas y oí explicar aquí y allá que esto pasaba a menudo, que esa ilusión de playa desaparecía tan pronto como aparecía y que no debía uno fiarse porque el manto de mar que caía sobre la superficie ahogaba a cualquiera en el banco de arena. El agua se había tragado a tantos ya; no había quién llevara la cuenta. Les conté a los que se dejaron que había visto aquella playita cubierta de hermosas conchas de colores, de estrellas y de erizos. Una morenilla de mi edad se rió al oírlo:

—¿Y de qué te asombras tú, güerita? —me dijo—. ¿Qué crees que tiene el mar abajo? Pura concha que no sirve para nada. ¿O te vas a sentar a hacer collares como los indios, y a venderlos para que se los cuelguen los gringos?

Comimos en un restorán de manteles blancos que había un poco más adelante. Nos esperaba uno de los primos de mamá, un necio que insistía siempre en matrimoniarse con ella, y que mamá conservaba como una especie de novio informal, tal vez (lo pienso ahora) para alejar todas las sospechas de su amor con el cura. ¿Qué ocultaría él a su vez? Nunca lo supe, algo tenía su aspecto que enfriaba la columna. De su hermano bien que conocía yo (y todo el pueblo) su historia. Era piloto, tenía una mujer muy hermosa a la que golpeaba de vez en vez, con la que había procreado seis hijos, mis primos, rubios gitanos por ir siempre de la seca a la meca, de casa de la abuela a casa del padre, porque a cada rato caía la tormenta y la mamá dejaba al marido, pero siempre volvía con él. La tenía atada con la magia escalofriante de su familia.

Al regresar, las llantas del coche del cura iban pisando cangrejos que corrían atravesando la carretera.

—Es la mata de cangrejos, hija, ahora es cuando baja al mar.

Íbamos triturándolos con el coche. En las playas cercanas a Agustini todo era devorar y matar.

18. El tío y la panadería

La panadería del pueblo hacía piezas de pan pintadas en los colores más vistosos, rosquillas rosa mexicano, panqués azul rey, galletas amarillo alimonado. Incluso a las piezas pequeñas de pan salado las adornaba con un ridículo copetín de azúcar colorado. Por esto, decía mi abuela, nosotros jamás comprábamos las piezas individuales, por esto se hacía hacer hogazas que no tuvieran ni color ni dulce, "esas puerqueces de indios", en sus propias palabras. Nuestro pan estaba listo de lunes a sábado, antes de la hora de la comida, así que comíamos invariablemente pan fresco y recién hecho. Los domingos la abuela hacía pan tostado con las sobras de la semana, y el resto que quedaba (si quedaba) era para preparar budín con pasas y una copa de ron, que le salía realmente exquisito, con sus almendras y trozos de nuez.

Como en la nuestra, en las otras casas "decentes" se comía pan verdaderamente blanco, con ligeras diferencias. El pan de la casa de los

133

Juárez era un poco más voluminoso, y no era una pieza sino dos al día por ser una familia numerosa. Las hogazas de las hermanitas eran del mismo tamaño que las de la casa, sólo que llevaban una cruz en el lomo, hecha con la misma masa del pan, y se las entregaban en medias docenas, un día sí y otro no. A los Ruiz no les gustaban las hogazas. A ellos les hacían un pan redondo que ellos llamaban "pan campesino". Según mi abuela, no había duda de que lo comían crudo en el centro, y decía que por eso a Iván, el hijo menor, le daban convulsiones. El doctor ya le había rebatido su teoría en repetidas ocasiones, pero ella persistía con su creencia y su predicación. No cejaría hasta que convenciera al pueblo entero, incluso a los Ruiz, del peligro del pan redondo.

En la familia del doctor preferían unas hogazas pequeñas, casi del tamaño de los panecillos con copete azucarado. A los Vértiz, como a los Ruiz, no les gustaban las hogazas. Para ellos horneaban pan con la misma forma de las pequeñas piezas copeteadas de azúcar, pan con dos puntas, pero del mismo tamaño que nuestra hogaza.

Las piezas especiales del pan se ponían en las charolas de la panadería, sin especificación del destinatario, pero jamás hubo confusión, ni nadie se llevó nunca el pan de otro. Cada quien pasaba cada día por el que le correspondía, y si uno iba a necesitar más, lo solicitaba la tarde anterior.

El domingo por la mañana sonó muy temprano el teléfono. Era mi tío Gustavo. Avisó a la abuela que llegaría ese día a comer (la abuela repetía cada frase que él le decía, para que Dulce y yo supiéramos de qué hablaba), traía a presentarnos a su novia y a su cuñado; también venía el amigo que nos había presentado el año anterior, Jack el chino. Le pidió que me pasara el teléfono.

—Delmira, mi sobrina predilecta, ¿cómo estás?

—Soy tu única sobrina, ni te hagas, tío.

—Igual eres mi predilecta, mi pollita predilecta. Traigo para ti un regalo y te lo voy a llevar hoy. Tengo prisa para dártelo. ¿Quieres verlo?

—¡Sí!

—¿Qué es?

—Yo cómo voy a saber.

—¿Qué será, será?

—¡Una Barbie!

—No te digo, no te digo. Es una sorpresa.

—¡Dime!

—Es sorpresa.

—Oye, Gus, ¿qué haces despierto tan temprano?

Se rió del otro lado del teléfono. Me acordaba bien que cuando vivía con nosotros, antes de que yo entrara a la escuela, él despertaba mucho después que yo.

—Me levanté temprano porque tengo prisa para llevarte tu regalo. Ponte bonita. Te voy a presentar a una chica con la que, nunca se sabe, hasta me podría casar. ¿Cómo la ves?

—La veo mal. Tú me prometiste que no te ibas a casar antes de que me casara yo.

—¿Y quién dice que no te vas a casar antes?

—¡Lo digo yo!

Se volvió a reír.

—Te digo un secreto, pero no se lo digas a nadie, Delmira: tu tío Gus es un solterón sin remedio que no tiene ninguna gana de casarse. Llevo hoy a casa una pobre chica ilusionada con atrapar a tu guapo tío, pero como no se le va a cumplir, y no quiero quedar como el más malo de su historia, la llevo a que sea feliz con la comida de mamá. Comerá como una reina, y cuando se dé cuenta de que sólo le he tomado el pelo, de que sólo la quería por bonita para sacarla a bailar y a pasear por los caminos del mundo, no podrá odiarme, porque en el fondo de su corazón y hasta su muerte quedará agradecida por el banquete de mamá. ¿Qué te parece?

—Me parece muy bien.

—Nos vemos al rato.

—¿Dónde estás?

—En Villahorrorosa.

—¡Bien lejos!

—¡Qué va! Así estábamos ayer. Llegamos en la noche de la ciudad de México, después de manejar todo el largo día. Ya sólo nos faltan seis horas. ¡*Ciao bambina*!

Me colgó el teléfono. En la casa había comenzado ya el remolino de los preparativos. No iba a haber paseo para Dulce aunque fuera domingo. La abuela estaba enviándola a traer más ayuda.

—Te traes a las dos más limpias que encuentres. A ver si anda por ahí la sobrina de doña Luz, Chole, dile que venga a ayudarme. Pero qué ocurrencias de Gustavo, venir en domingo. Y sin avisar. ¡El pan! —casi gritó, y otra vez—: ¡El pan, con un demonio! Tú, niña, Delmira, corre y pide pan, a ver cómo los convences. Pide cuatro hogazas aunque sobre, jálate para allá ahora mismo, y no vuelvas sin haberlo conseguido, ¡ándale!

Todavía no llamaban para misa de siete. Mamá dormía como un lirón, debían ser como las seis y media. La abuela ya se había cambiado las chanclas por unos zapatos de salir, y traía en la mano las bolsas del mercado.

—Vístete ya y córrele, niña. Si hay que pagar más por ellas, pagamos, no lo discutas.

Salió volando, y yo entré a mi ritmo a mi habitación. Sin cerrar la puerta, me saqué por la cabeza el camisón y me enfundé rápidamente el vestido. Mi nana Dulce acababa de hacerme bien mis trenzas, así que despeinada no iría. Me lavé la cara y oí entonces a mamá arrastrar por el piso el aguamanil. Me asomé. Estaba cerrada su puerta, pero me la imaginé con tanta claridad, echándose agua ahí donde te platiqué y tratando de recuperarla en los muslos para volver a vaciársela ahí, como si la estuviera viendo. Creí que tendría el balcón abierto y me dio vergüenza salir, pero recordé la prisa de la abuela y olvidando toda pena salí apresurada. El balcón de mamá estaba cerrado. Respiré hondo. Bien cerrado.

Sin distraerme en el camino, llegué a la panadería. No había abierto aún. Le di la vuelta, y toqué en la puerta lateral. Nadie contestó. "Bueno —pensé—, no hay problema, entro". Al tocarla había sentido que la puerta no tenía puesto el pasador, que estaba sólo entrecerrada. Era una puerta pequeña, como para enanos. La traspasé sumergiéndome de inmediato en la penumbra. Por suerte me detuve un momento, porque al siguiente paso comenzaba una empinada y estrecha escalinata.

—Por un pelo me rompo la crisma —dije en voz alta. Bien fuerte agregué—: ¡Hola! ¡Hooooola! ¡Oigan! —cantando mis gritos.

Nadie me oía. Escuchaba ruido abajo, algo parecido al murmullo de una conversación, pero no alcanzaba a ver con claridad sino los primeros escalones. Los bajé, dando de voces, a ver si alguien me oía antes de llegar hasta abajo. Pero no recibí respuesta. El sótano estaba muy tenuemente iluminado por las altas ventanillas enrejadas que daban a la banqueta. Frente a la escalera, había una rampa inclinada que terminaba en otra abertura, considerablemente más ancha que la de la puertecilla de arriba. Ésta conducía a un patio y al horno de ladrillos donde se cocía el pan. Por ahí entraba un chorro de luz y de calor. A la derecha todo estaba sumergido en una nube de polvo. Volví a gritar:

—¡Me mandó mi abuela a pedirles cuatro hogazas de pan para hoy!

—¿Quién dice?

—Delmira, de las Ulloa.

—¿De cuánto las hogazas?

Me fui guiando con el oído hacia la voz, el ojo no parecía capaz de penetrar la nube de harina, pero apenas estuve realmente adentro de ella todo se aclaró. La harina reflejaba como espejitos la poca luz del sótano, multiplicándola. Allá adentro todo era claro aunque pareciera ligeramente lento y por completo impalpable.

Agité la mano frente a mi cara, y al remover el polvo de mi vista todo quedó momentáneamente a oscuras, pero la nube me socorrió de inmediato y pude ver otra vez. El gordo que me lo había preguntado no era ni blanco ni indio. No tenía más raza que la harina. Era el primer ser humano que veía yo así. Traía el torso desnudo, calzones de algodón blanco y un pañuelo enorme del mismo color a la cabeza, anudado atrás, como los piratas de las ilustraciones de mis libros.

—Oye —opté por el tú, porque no supe cómo dirigirme a él—, yo no sé de cuánto es la hogaza. A la semana pagamos dos pesos.

—No digo del precio, sino del peso. ¿De cuánto?

—Es como así —le dije haciendo con la mano un gesto que indicaba con precisión el tamaño de la hogaza.

—Dime de cuánto y te las hago. Si no, no puedo.

Al lado de él, un gordo similar recostado en el piso golpeaba con las plantas de los dos pies una enorme bola de masa que se meneaba, bamboleaba y resistía como si estuviera viva.

Un poco más allá, un hombre delgado vestido igual y del mismo color, hacía formas de masa sobre una gran charola. Todo era blanco aquí. Quién sabe cómo sería que después los panes agarraban color.

—Es que no sé cuánto pesa.

—No sabes, no hay hogazas, así es.

Tuve una inspiración:

—Como las de las monjitas, las que llevan la cruz. Como ésas hágame cuatro.

—¿Con cruz también?

—No, póngales una "G" de Gustavo.

—¿Y eso cómo es? Yo no conozco las letras.

El piso estaba inmaculadamente cubierto de harina. Me agaché y le tracé una G con letra de molde.

—¿Cuatro hogazas? —me preguntó.

—Bien cuatro.

—Ahí las tendrás, güerita, para la hora de la comida. Ahorita te las preparo con todo y la víbora enroscada. O parada, tú dices.

—Pst. Pst. ¿Y tú no prestas? —me gritó otro que amasaba con toda sus fuerzas de hombre un espeso revoltijo de color más amarillo. Lo hacía con los brazos, con el torso y la cadera que tenía por completo sumergida en la masa. No sé por qué me acordé al verlo del cura encajado en las nalgas de mamá, era algo parecido a eso lo que el señor le hacía a la masa. Me avergoncé tanto de mi pensamiento que no le contesté, ni le pregunté qué quería que le prestara. Dije un tímido "gracias" a mi anterior interlocutor, y salí corriendo. Trepé las escaleras como si me persiguieran.

Al llegar a la calle me di cuenta de lo infame que era el calor allá abajo. Arriba en comparación el clima se sentía fresco. La luz era tan de otra naturaleza que costaba trabajo pensar que aquello de abajo pertenecía al mismo mundo que lo de arriba. Me tallé los ojos y respiré hondo antes de emprender el regreso.

Pasé por el mercado y topé con la abuela. La seguían dos niños cargados con las bolsas de la compra llenas. Uno de ellos llevaba una enorme gallina, muerta y limpia. Nunca las comprábamos así; doña Luz las solía matar y pelar, pero ya no había doña Luz y hoy había prisa, además. El muchacho se la había amarrado con un cordel a la cintura para dejarse las manos libres. Era más bajo que yo. La cabeza de la gallina le golpeaba las espinillas desnudas a cada paso. Me sonrió muy quitado de la pena. Tenía los dientes completamente cafés, como caramelos rotos. Venía descalzo. El otro ayudante era más alto que nosotros, tenía el cabello al rape y también se había amarrado algo a la cintura, un atado de betabeles.

—¿Qué es eso, abuela?

—Remolachas.

—Nunca compras.

—Hoy sí; ¡camina!, no me estorbes.

—Ya encargué el pan, abuela. Les pedí que si le ponían una "G" donde le ponen una cruz al de las hermanitas.

—Nada puedes hacer bien, lo que se dice bien, ¿verdad? —me dijo, enfadada y sin mirarme.

No le expliqué por qué los había pedido así, y si le parecía mal era su problema. Seguro que le encantarían al tío Gus, no me cabía duda. Por mí, que se enojara. En lugar de contestarle nada, me puse a vacilar con los chicos.

—Tú tienes los dientes de oro, ¿verdad? —le dije al chimuelo de los dientes podridos.

Los dos se rieron. A la siguiente broma que les hice (le pregunté si no le hacían cosquillas en la barriga las patas de la gallina), la abuela me jaló de la oreja y me dijo al oído "No se habla con indios, usted no entiende, ¿verdad?", asestándome además un pellizco.

En silencio seguimos el camino a la casa. Salimos las tres juntas a misa, pero la abuela no vino con nosotras al desayuno; tenía que seguir con los preparativos. Invitamos al cura a la comida, y aceptó.

Pasamos a casa del doctor y también lo convidamos. Su familia se había ido a México, porque se casaba quién sabe quién, y aceptó gustoso.

De ahí nos fuimos con paso apresurado a comprar flores. Compramos gladiolos colorados de tallos largos, llegando a casa los acomodamos muy bonitos.

Mamá sacó las carpetas deshiladas para ponerlas bajo los floreros. Éstos flotaban en casa siempre, un dedo arriba del mueble donde estuvieran, pero no tintineaban jamás con el viento, como sí lo hacían las campanas que tampoco se apoyaban y que además de responder al viento vibraban al paso de la gente. Si la sala estaba abierta por ser sábado, día de limpieza general, yo brincaba frente a alguna de las campanas, y ésta hacía sonar su badajo en respuesta. Pero si se daba el raro caso de que recibiéramos forasteros, los floreros, las campanas, las figuras de lladró de la sala se posaban en los muebles, incluso la virgen del altar de la entrada paraba sus dos sacros pies sobre el nicho.

En algunas otras casas del pueblo, las figuras insistían en acostarse, hamacándose, como fastidiadas del eterno calor. En casa del cura, la alcancía con forma de cochinito que tenía en la ventana del fregadero de la cocina estaba siempre empinada, apoyadas las patas delanteras en el pretil, alzando perpetuamente las de atrás. Nuestra iglesia por eso daba la sensación de ser un plexo solar que respiraba, todas las imágenes y veladoras se remecían.

Si algún invasor hubiera querido tomarnos por sorpresa, jamás lo habría conseguido. Adentro de nuestras casas lo hubiéramos sentido en el instante que hubiera posado un pie alevoso contra nosotros, porque también habrían pisado firme nuestros adornos y figuras religiosas.

Terminado lo de los floreros, pusimos la mesa, el mantel tejido en gancho por mi abuela, la vajilla de su boda, los cubiertos de plata, las copas de cristal cortado, y apenas habíamos terminado de poner las servilletas cuando oímos llegar el coche del tío Gus. Ahora traía un fabuloso Mustang rojo encendido, un modelo jamás antes visto en Agustini que quién sabe cómo había conseguido sobrevivir a los hoyancos del camino. Traía una cámara también, y nos hizo salir a todos para la fotografía.

—Esto es antes de presentar a nadie con nadie. Una foto de puros desconocidos —dijo indicándonos a todos dónde acomodarnos.

Cuando estaba a punto de tomarla, preguntó:
—¿Y doña Luz? Yo no tomo la foto sin ella, tráiganmela.

—Pues ahora sí que no se va a poder. Toma la foto —le ordenó la abuela.

Nos pidió que dijéramos "chis", para salir sonriendo, y la tomó. Yo la conservo, la traje conmigo. Atrás de nosotros se arremolinan los niños, la barriga de fuera, y también los jóvenes del pueblo para ver el coche, ignorándonos.

—¿Y doña Luz, mamá?

—Ya nos dejó hijo, hace dos semanas que pasó a mejor vida.

—¿Cómo no me avisaste? Hubiera venido al entierro.

—No hubo entierro —interrumpí.

Su cara de tristeza cambió por una de absoluta sorpresa.

—¿Oí bien? ¿No hubo entierro? —dijo hablando bien lento—. ¿Que no hubo entierro? —repitió todavía más despacio—. Era como de la familia, mamá, si fue por dinero me hubieras dicho.

—¡Cómo crees! No fue por eso. En este pueblo ni el más miserable pasa a la otra vida sin flores, cajón o tamales.

—Se volvió toda de pipí —volví a intervenir.

Gus me miró con cara de risa. La abuela se había puesto furiosa.

—¡Esta niña!, ¡ya no la aguanto!

—Cambiemos de tema, me parece. Primero lo primero y luego me explican qué pasó.

Muy formal procedió a presentarnos a todos.

—Ésta es Helena de Troya —dijo de la chica. Traía un vestido azul marino con pequeñas motas blancas, sin mangas, la cintura en la cadera, plisado atrás, cortado en tela delgada, de largo abajo de la rodilla, un elegante chemise, caro, fino y al último grito de la moda. Sus zapatos de tacón eran blancos, como la bolsa que colgaba de una larga cadena dorada. Sus uñas largas venían pintadas de un rosa claro y nacarado. Su cabello había sido peinado en el salón de belleza, con tubos, crepé y spray.

—Éste es su hermano, el famoso Belcebú Rincón Gallardo, alias Roberto el Diablo —un joven de cabello rebelde, con más de un remolino que la jalea no conseguía domar del todo, extendió la mano a mi abuela. Usaba corbata de moño tornasolada rojinegra. Su camisa de mangas cortas era blanca y sus pantalones de cuadritos. Supe al verlo lo que la abuela pensó de él: "Este pobre chico no conoce el peine, y nadie le ha dado a conocer a la tía decente de cualquier familia respetable, Madame Elegancia".

Los dos hermanos de largo apellido parecían dos ricos huérfanos abandonados. Traían tanto dinero puesto en la ropa como había sido posible gastar, pero parecían dos perros desnudos, dos desollados barbilampiños zorros a media estepa. Él con la corbata de moño, fuera de lugar y absurda, ella con esa mirada famélica y esa premura por ser encantadora con todo el mundo, mientras se le salía un tirante, se le colgaba la manga del vestido.

—Jack no necesita presentación, ya es de la familia —al terminar con eso, me dio mi regalo: una hermosa Barbie con un vestido espectacular y un muñecote enorme, casi de mi altura, vestido de novio.

—Traje mi novia, y a cambio te traje a ti tu novio, para que no digas que yo te dejé antes que tú a mí. ¿Cómo la ves?

La Barbie me parecía muy bien, pero lo del novio lo veía muy mal. Y lo de su novia peor, aunque no dije nada. Me quedé como una boba sonriendo, mientras él le daba la mano a la chica, y se la dejaba puesta, enredada en los dedos de la muchacha. Ahora, más que de abandonada, tenía cara de zorrita, la chica ladrona de mi adorado tío.

En pocos minutos tuve que aceptar que mi novio era una beldad, aunque seguí pensando que mi Barbie todavía más, pero la zorrita simpática me empezó a parecer una zorra verdadera. Corrí a dejar los regalos en mi cuarto, y de inmediato nos llamaron a los aperitivos.

La chica preguntó por el baño, y mi abuela le echó una mirada fulminante. Para ella no había peor muestra de mala educación que ir a un baño ajeno. No tomaba en cuenta que venían de pasar seis horas en la carretera. ¿Cómo le hacía la zorra para verse tan fresca, tan como si nada, tan recién salida de la regadera, después de batallar con un carro bajo por caminos en extremo polvosos y llenos de piedras? Mientras estaba en el baño, llegó el doctor, y en pocos minutos llegó también el cura, sin sotana, vestido con una guayabera clara, como cualquier mortal.

Tomaron los aperitivos en la terraza mirando correr el río. La chica se deshacía en elogios de todo, con la boca ahora roja, porque había ido a pintársela al baño. A mis ojos era obvio que mentía, que sólo decía lo que fuera con tal de tratar de halagar a mamá y a la abuela. Era medio tontina, y no se daba cuenta de que también tenía que quedar bien conmigo. Me ignoraba, como si yo no fuera pieza. A cada rato sacaba su espejito para revisarse la carita, como si por un descuido se le pudiera deshacer. Me pareció odiosa.

Me le pegué a Gustavo, me paré primero a su lado, luego me le senté en una orilla de su asiento, y terminé por subírmele a las piernas, pero no me hacía mucho caso, por primera vez en nuestra larga vida. En una de ésas, le dije al oído:

—Acompáñame a la orilla del río, y te cuento de la vieja Luz.

Pidió permiso y bajamos a la orilla del río. Le conté lo que vi, que había amanecido con las llagas de Cristo, que había levitado con todo y silla, que había desaparecido vuelta pipí en su propio baño oscuro.

—¡Pero qué cosas dices tú! Lo que necesitas es salirte de este pueblo cuanto antes. No puede ser que creas esas patrañas tan absurdas que...

—Pero es que lo vi, Gus, te lo juro, con mis propios dos ojos lo vi. No son mentiras ni fantasías, te lo prometo.

Me tomó de la mano (¡ahora a mí!) y me llevó donde estaban todos. El chino Jack hacía reír a toda la concurrencia con un chiste sobre el presidente López Mateos. Mi tío permaneció silencioso unos momentos, conmigo en las piernas, pero al rato me pidió que me levantara, se levantó por otro martini y se olvidó de mí por completo. Había seis personas más a las cuales debía atender y una de ellas parecía valer doble, tal vez por la boca rojérrima. Bajé a la orilla del río a ver brincar a los ajolotes antes de que nos llamaran a comer, tratando de no pensar más en la odiosa zorra y su envidiable chemise.

Apenas me senté a la mesa, un raro malestar se me anidó en la boca. No podía comer. La comida no pasaba por mi garganta. Hice un enorme esfuerzo con el primer bocado, y conseguí pasar el coctel de camaroncitos de Campeche, venciendo la resistencia y el asco que sentía. Pero no pude nada más. De verdad que traté, pero de verdad que no pude. Gustavo me festejó mucho lo de la "G" en los panes (mamá se encargó de decirle que era mi contribución), y pedí permiso para retirarme de la mesa.

—¿Qué le pasa a esta niña? —preguntó Gustavo.

—Nada, qué le ha de pasar —dijo la abuela.

—Se siente mal, mamá, mírala, está pálida —dijo mamá.

—Está transparente —aceptó la abuela.

No debió decirlo, porque fue como si se me hubiera dado la indicación de que ya podía de

150

verdad enfermarme. Corrí al baño a volver el estómago, y me tumbé en la hamaca, sudando a mares. Me había enfermado en un segundo, y estaba de verdad enferma. Cuando terminaron de comer, yo ardía en fiebre, y me dio un coraje enorme cuando salió Gustavo con Jack el chino y la zorrita a enseñarle sus sueños fallidos en el pueblo (su predilecto era la enorme rueda de la fortuna que se comía voraz la maleza, y que había fracasado porque a nadie en Agustini le parecía buena idea, "se sube uno en ella tan alto que casi que se siente rascándole la panza al cielo, ni que estuviera uno loco, para qué irse tan arriba"), pero luego dejé de pensar en eso y en lo mal que me sentía, y visité, durante un tiempo interminable, con la imaginación una y otra vez el sótano con la harina y los hombres de torso desnudo.

—¿Preeestas? —me decía una voz. Veía sus caderas removiéndose adentro de una masa enorme que obedecía a sus meneos como si tuviera vida propia.

Revisé atentamente sus rostros e inspeccioné todas sus extrañezas. Esos hombres no eran de este mundo. Las enormes masas con que jugaban tampoco parecían ser de la tierra. Lerdas, casi acuáticas, primas del pantano, se resbalaban y rebotaban como animadas. Las masas me daban más miedo que los panaderos, pero en realidad ambos me inspiraban un pavor indescriptible.

19. Fiebre

Al levantarme de mi lecho de enferma (porque a la cama pidió el doctor que me metieran, arrebatándome de la hamaca por primera vez en mi vida), cuatro o cinco días después, todo se había hecho borroso en la memoria. Con las exageraciones de la fiebre había aprendido a desconfiar de lo que atesoraba mi cabeza. Dudé si los domingos de hechos extraordinarios eran o no verdad. No tenía a quién preguntárselo. En la cocina, en el lugar de la vieja Luz, sólo estaba su silla de palo. Me sentía desolada, no sabía en qué creer de lo que recordaba. Pregunté por el tío Gustavo a mamá.

—¿Dónde va a estar? Se fue a México.

—¿Se va a casar pronto?

—¿Con quién se habría de casar ese bribón?

—Con la que trajo.

—Tú no entiendes nada, niña, nada —me contestó sin siquiera verme con desprecio. Hubiera preferido su mirada helada a no tenerla encima ni ese momento.

153

En la terraza del río, mi nana Dulce y la abuela removían el cacao puesto a secar, porque la noche anterior había llovido, el piso no estaba rigurosamente parejo y debían evitar que se ensopara en los charcos que formaban los desniveles. Mamá se había encerrado en su cuarto. Ofelia limpiaba el mío despiadadamente, echando cubos de agua y tallando con un cepillo, queriendo lavar hasta la última bacteria de mi enfermedad, como si yo hubiera pasado una temporada con peste o alguna otra malignidad espantosamente trasmisible. Había llevado a lavar las sábanas, y el colchón de mi cama estaba al sol.

Me refugié en la cocina. Como todavía estaba debilucha, me acurruqué a los pies de la desaparecida vieja Luz. No había mejor rincón para tenderme; la sala estaba como de costumbre bajo llave y en el patio central el sol caía inclemente sobre las mecedoras. Además, sentí que aquí la sombra reconfortante de la vieja Luz me amparaba. No tenía fuerzas, pero tampoco sueño, y aunque no había cargado mi libro conmigo, no me encontraba de ánimo como para ir hasta mi cuarto y regresar a este rincón donde me protegía la sombra de unas palmadas juguetonas que acostumbraban festejarme hasta hacía poco. Aburrida, tendí la mano hacia la silla de doña Luz y la acaricié. La toqué y la destoqué un par de veces antes de darme cuenta de que la silla se alzaba del piso, se despegaba cuando ponía la mano en ella. Levanté mi cabeza y me incorporé al lado de la silla. Puse la palma de la mano en el asiento y ésta se levantó unos quince centímetros del piso. La solté y la silla regresó suavemente a la piedra. Jugué un rato a algo parecido al yoyo poniendo y quitando la mano del asiento. Pensé en subírmele, y estuve a punto de hacerlo, pero sentí miedo. La vieja Luz había flotado en ella antes de que le dieran ganas de orinar y se muriera.

Dejé la cocina también. Quería salir, checar el kiosco de la Alameda, el techo del mercado, saber qué había sido cierto y qué no. Caminé por aquí y por acá en la casa, sintiéndome a cada momento más mal. En la noche volví a tener fiebre. El doctor volvió a despojarme de mi hamaca. Tardé un par de semanas en reponerme de la tifoidea. Cuando volví a salir, sintiéndome la más blanca y flaca del mundo, el kiosco tenía una apariencia normal, aunque me parecía que, como las bancas a su pie, había cambiado de tono su tradicional blanco, pero no podía jurarlo. Estaba la heladería a sus pies, y la tienda de abarrotes, y el techo del mercado se veía como si nada hubiera ocurrido.

Pero en los puestos del mercado de los sábados había una nueva modalidad: se vendían abundantes pájaros disecados y se mercaban plu-

155

mas de colores brillantes. Con eso, medio me convencí de que los domingos previos a mi tifoidea habían sido ciertos.

Para entonces, la silla de la vieja Luz había desaparecido. La reclamó alguna de sus nietas, como a la cuna y a un montón de tiliches sin importancia que la abuela entregó sin decir ni pío. Me imagino que iban a venderlo todo como reliquias santas. Aunque nunca le tendieron un lazo a la vieja Luz que no fuera para pedirle dinero o enjaretarle algún tiempo un hijo indeseado, ahora querían hacer negocio con los pedazos de palo. ¿Quién les habrá comprado los calzones de doña Luz? Ella misma los había cosido a mano. Si los parientes hubieran sabido la historia completa, de seguro habrían vendido frascos con pipí santo.

Algunas semanas después, llegó nuestra nueva cocinera, casi tan vieja como la anterior aunque fuera su ahijada. Se llamaba Lucita. Mi nana Dulce y yo la bautizamos Luciferita y unas semanas más tarde todos en la casa la llamábamos Lucifer. Tenía el peor de los talantes y una mano prodigiosa en la cocina. Le daba por hacer a menudo moles y pipianes, y guisos que nunca habían entrado a esta cocina, como el manchamanteles, los nopales navegantes en caldo de camarón con chile pasilla, o los estofados y los mariscos en escabeche picante y cargado de especias. También guisaba las cosas más tradicionales pero a todo lo hacía ver como una nueva aventura. Sacando de quicio a la abuela, fumaba unos puros grandotes que le traía su marchante del mercado, junto con velas azules para el santo al que le había puesto un altar en su cuarto, y el garrafón con aguardiente.

Despreciaba las hogazas de la panadería. Lucita preparaba unos panesotes compactos y pesados, un día de la semana, en el horno de nuestra estufa, al que antes habíamos creído apenas capaz de cocer bien los flanes. Según la abuela, salía más caro el gas que el pan comprado. Según Lucita, ése no era su problema, y como si tuviera cera en los oídos, seguía haciendo su áspero y duro pan. A veces preparaba uno diferente, todavía más pesado, hecho con harina oscura y semillas sin tronchar, que había aprendido a hacer con su anterior patrona, una alemana "nacida aquí en Tabasco", según ella decía, que "ya mayorcita se decidió a cruzar el mar porque el calor de Cunduacán le estaba pudriendo a la pobre sus huesos, con todo se le tronchaban", explicación que a mí me sonaba como a una treta que la falsa alemana inventó para deshacerse de la temible aunque prodigiosa Lucita.

Era una inflexible sargenta con sus asistentes, y lo digo en plural porque le pidió a la abuela otra además de mi pobre nana Dulce, alegando que ésta "a ratos se me distrae por culpa de la niña, y yo ansí no puedo trabajar". Tenía una virtud que llenó de alegre miel nuestra vida: hacía unos pasteles inolvidables, verdaderos prodigios que correspondían a la tradición de otras latitudes, además de preparar gelatinas de muy distintos sabores y texturas. La de vino le quedaba genial, pero la de mamey no le pedía nada a ningún platillo (la hacía con nuez y una copa de brandy fino) sobre una cama de huevos batidos a punto de turrón que le incorporaba lentamente. Era perfecta, como la de nuez y como su primo, el mousse de limón. Hacía la mejor Sacher-Torte que he probado en mi vida, y he ido al Sacherhof a probar la original, sé de qué estoy hablando. El Apfel-Strudel era también increíble, pero había que comérselo al momento, porque la humedad en que vivíamos sumergidos lo convertía en chicloso inmasticable en unas cuantas horas.

Sus pasteles se hicieron tan famosos en el pueblo que todas las tardes recibíamos visita. Con cualquier pretexto, sin avisar o haciéndonoslo saber, caían mis amigas o las de mamá, el cura o el doctor o las vecinas o las hermanitas, llevados por el olfato a recibir una ración de Lucita, que no repelaba de eso; le parecía normal que la gente viniera todas las tardes a devorar sus pasteles y otros postres. Con el tiempo exigió otra asistente más a la abuela, y después otra, y poco después otra. La cocina parecía un taller de repostería. La nana Dulce se consolaba de la pérdida de doña Luz y del desplazamiento que la llegada de Lucita le había provocado, atiborrándose con galletas y panes de mil formas que ella hacía con sus propias manos y que de tanto comerlos la convertían en un ser redondo, no a la manera de mamá, sino a la de las gordas del mercado. Pronto, mi nana Dulce pareció una matrona informe como las del pueblo. A los diecisiete tenía el aspecto de una señora. Ya se podía morir Lucita, porque ya teníamos en casa quién pudiera reemplazarla. Pero Lucita tenía las mismas ganas de morir que su madrina, la vieja Luz, y aunque no fuera de su sangre daba la impresión de que era capaz de sobrevivir por los siglos de los siglos. La imagen no era tan equivocada: hoy, treinta y tantos años después, ella sigue siendo allá, en mi casa, en Agustini, a donde no he vuelto hace treinta años, la maestra cocinera.

1965:
20. La lluvia

Salí de la escuela expulsada por una bocanada de calor. El abanico del techo del salón de clases no podía cortar la espesura, avanzando con un ruidero inútil que sólo conseguía mover las porciones de aire caliente de un lado al otro, desplazándolas de una pared a la de enfrente, jugando a un rompecabezas que jamás alcanzaría forma ninguna. El mundo se reducía a un nombre, Calor, y las frases quedaban sepultadas antes de ser dichas. No podíamos pensar en nada que no fuera "¡nos asamos!". Si las palabras más rápidas escapaban de la tumba de fuego, era para dos centímetros allá tostarse como palomillas en la flama de la vela. La hermanita había dejado de hablar. En el pizarrón nos había escrito tres sencillos problemas matemáticos. Debíamos resolverlos sobre las hojas de nuestra libreta antes de salir. La hermanita no tenía vigor para controlarnos, pero nosotras tampoco teníamos ninguno, y aunque todas deseábamos ya salir, remontar los tres problemas matemáticos nos llenaba de una lenta y casi infranqueable pereza. El reloj mismo parecía avanzar al ritmo del espeso calor, crujiendo. Arriba de nosotras, el abanico inútil era lo más vivo en el salón. Una a una fuimos saliendo, casi vueltas vapor, hacia la calle que nos esperaba como un ávido sartén ardiente, infundidas del vigor de la expulsión al salir, pero atrapadas de inmediato por las tenazas del aire ardiente.

Sin pensarlo dos veces, me dirigí al río. No tuve ánimo para caminar hacia el lugar predilecto de baño, allá donde un árbol frondoso y una enorme piedra pulida por el paso del agua hacían la entrada y la salida cómodas, casi domésticas. Allá solíamos ir juntas, las de mi salón, en días como éstos, pero hacía ya meses que ellas vivían pegadas a las ropas, como si una maldición se las hubiera adherido. Ellas no venían más a nadar al río, y si yo quería hacerlo estaba condenada a chapotear a solas, infundiéndoles además un desprecio que no habían sentido nunca antes por esta actividad. Hoy nada me importaba gran cosa. Me sentía sucia de calor, batida de calor, enlodada de calor; me dolía en la cara interior de los muslos el calor. Tenía verdaderamente necesidad de remojarme en el fresco río. Escogí una orilla sembrada de redondas y pulidas piedras. Me despojé, súbitamente, rápida y eficaz, de mi ropa, casi en un solo movimiento, como si la mera visión del agua hubiera bastado para refrescarme la voluntad. Corrí descalza por la prolongada orilla, donde el agua, escasa, fluía mojando apenas las piedras, hasta alcanzar, casi en tres pasos, el cuerpo verdadero del río. Ahí, me sumergí en la honda acogedora cuna del agua, en la poza que se formaba en este recodo. El caudal corría abundante aunque fuera época de secas, y me hundí toda, la cara, el cabello, gozando de la frescura piadosa del agua. Cerré los ojos. Sería absurdo decir que respiré hondo, pero fue en el primer momento de ese largo día en el que mis pulmones se distendieron. El aire ardiente los había estado pinchando. Hundidos en el río, dejaban el tormento del aceitado aire hirviendo.

Alzando mis dos manos, extendidos brazos y dedos, impulsé mis dos piernas hacia la superficie, para echarme a flotar boca arriba, cuando el agua avara se retiró de mi persona, subiendo en gorda y compacta trenza, y me fuí de sentón sobre el lecho del río, sin haber tenido tiempo de interponer las manos para atenuar la caída. En un segundo, sentí el dolor atroz en la vulva, donde el filo de una piedra se había clavado, sentí el rebote del golpe en la cintura y en el vientre, y vi alzado frente a mis ojos, corriendo impávido, al río, un solo cuerpo sin gotear siquiera, cabalgando rápido, sólido, un solo músculo tenso sobre mis ojos, uno súbitamente azul y lleno de luz que me había abandonado despojándome de mi propia fuerza, desmusculándome (si se puede decir así), hiriéndome, desnudándome.

No había en el río maldad. Estaba jugando. Saltaba la cuerda esquivando mi persona. Sobre mí, su cuerpo tenso, despegado del lecho, parecía sonreírme con inocencia al pasar. Sobre mí se dejó caer suavemente, levantándome de donde me había dejado caer, echándome a flotar entre los peces de mil tamaños que corrían en su seno. Ahora los vi, tenía los dos ojos bien abiertos. Saqué la cabeza del agua y respiré el aire ardoroso y raspante del medio día. Me ardía la vulva. ¿Y si el río me dejaba otra vez caer? Debía salirme. Tuve miedo, nadé apresurada hacia la orilla, puse los pies sobre las piedras de torsos pulidos, me acerqué hacia mi ropa, sintiendo que además del agua que escurría sobre toda mi piel, evaporándose al contacto del sol, yo traía ahora un río propio, un personal y diminuto caudal de sangre corriéndome en la cara interior de los muslos, marcando en mi cuerpo una geografía casi terrenal de la que no había estado dotada antes. Observé a mi riachuelo, ahí estaba, deslavándose con la humedad vecina. Lo limpié con el agua del río, volvió a aparecer. Era tan intenso el calor, el sol golpeaba con tanta fuerza que en esos pocos minutos me había ido yo quedando rápidamente seca. Pero mi riachuelillo particular, aunque había disminuido, no paraba, no se suspendía, marcando ahora con mayor exactitud sus márgenes.

Comencé a ponerme mis prendas, cuidando de no manchar mi vestido. Al llegar a mis calzones, descubrí con horror que estaban cubiertos por una dura costra café oscuro. No pensé sino que podría protegerme de ir chorreando sangre por las calles, así que me los puse y me enfilé muy presurosa a casa, sin importarme el sol bestial que retenía la marcha de todos.

No estaban en casa ni mi nana Dulce, ni mamá, ni la abuela. Luciferina se afanaba con su ejército en la cocina, Ofelia fregaba la terraza del río y la pobre Petra planchaba el mantel almidonado en la infernalmente ardiente lavandería. Escondí en mi ropa unos calzones limpios y me encerré en el baño. La costra oscura de los que traía puestos se había remojado en el centro con el nuevo caudal. ¿De dónde había salido esa gran mancha? ¿En qué me había yo sentado? No recordaba sino el asiento de mi pupitre escolar. Dejé de pensar. Yo seguía sangrando. Puse un poco de algodón blanco sobre el calzón limpio para no ensuciarlo y bajé con los calzones sucios escondidos en la ropa a la orilla del río, donde los hice bolita, escondiendo en ellos una piedra, y los aventé lo más lejos que pude.

A media tarde, seguía fluyendo mi rojo riachuelo personal. No paró en tres días. La primera noche, cuando mancharía mi hamaca blanca y dejaría una gota en el piso, me sentía yo tan cansada que no advertí que la abuela me narraba un cuento de naturaleza diferente. Ni siquiera oí llegar el final, y no estoy segura de si fue como lo recuerdo, porque ni tiene su tono ni habla de esas cosas que a ella le gustaba repetir hasta el cansancio. Pero aunque esa noche el cuento fue para mí una sucesión de borrones difíciles de seguir, que apenas podía yo sujetar en la mente para no tropezar, lo sigo recordando, incompleto, como lo escuché, pero creo que con los detalles, como si fuera ayer el día en que la abuela me lo decía, mientras yo reventaba de adentro hacia afuera, sin poderme explicar qué me ocurría. Aquel cuento decía así:

20. El cuento de la abuela

"Sabrán ustedes que hubo una vez un día en este mismo pueblo, cuando mi mamá Pastora y mi abuela María del Mar estaban de viaje en La Habana, en el que las piedras se nos volvieron agua y las aguas se nos hicieron piedras. Como les digo, mamá y la abuela se habían ido a La Habana a pasar dos años, porque así eran entonces los viajes; ni por casualidad se viajaba por menos meses, no había aviones, los viajes en barco tomaban su tiempo, y ni qué decir de los que hacíamos por tierra, nada más llegar a Veracruz podía tomar varias semanas en época de lluvias, porque no había ni pangas ni caminos y era necesario caminar y caminar kilómetros y kilómetros con medio cuerpo bajo el agua, peleando contra lagartos y cocodrilos que no hallaban qué comer —si en río revuelto, contra lo que dice el dicho, no hay pez que nazca—, mientras los árboles de la selva sobrevivían verdaderamente nadando, entre las garzas y los patos, las ramas cuajadas de tigres, jabalíes, tlacuaches,

167

armadillos, víboras —lo que más abundaba eran víboras, sobre todo las más pequeñas, porque las grandes tarde o temprano terminaban por venirse al piso, es decir al agua...— y las águilas andaban desesperadamente buscando una copa firme que les garantizara no morir de un zarpazo, ni fallecer por falta de aliento de tanto jadear, de tanto volar sin descanso.

"Pero no me distraigan, que ya estuvo bueno de andarse columpiando en palabras sin sentido. Estábamos en los años en que mamá, sus hermanas y mi abuela María del Mar compraban el ajuar de novia de mi tía Pilar que era una fiera en lo de las compras, siempre encontraba la mejor calidad al menor precio, así que no lo escuché decir de ellas sino de mi nana querida y de mi amá de leche, porque en ese entonces jamás una mujer, si era gente de bien, amamantaba con su propio cuerpo a los hijos; ni pensar que lo hubiera hecho tu abuela Pastorcita, sino que hacían traer a las amás, unas mujeres que vivían de hacer eso.

"Pero otra vez ya me están distrayendo, y no era esto lo que quería contarles, sino decirles cómo, cuando mamá Pastora, sus hermanas y la abuela María del Mar estaban en La Habana, pasó eso de las piedras y el agua, pero como ellas no estaban, nunca se los oí contar a ellas, no me dijeron que hubo una vez en que la piedra y el agua se confundieron, cambiando de aspecto para tirios y troyanos, sin demostrar lealtad alguna a ningún ser vivo. Lo que un momento era agua, al siguiente era piedra. Las fuentes de los patios crujían por las noches, formadas de pronto por apretadas y pulidas piedrecillas de río que buscaban acomodo en su cama de piedra, o causando un verdadero diluvio de piedras cuando la cama de la fuente se volvía de agua y se hacía incapaz de contener su relleno.

"De pronto, en cualquier paseo a caballo de esos que hacían todos los del pueblo para revisar sus fincas o ir a traer carbón —porque entonces había que salir por él, no lo traían los indios al pueblo, si tenían prohibido entrar por lo que había pasado con la Toña y el señor Gutiérrez (pero ésa es otra historia, no se las cuento ahora porque estamos en la de cuando la piedra se volvía agua y el agua piedra)—, de pronto, les decía, uno ponía los ojos en el Tostado, ese cerro pelón tan notorio en estas tierras donde todo lo demás se cubre de verde, porque está hecho de pura piedra de arriba a abajo, piedras enormes como raspadas, del centro más duro de la tierra, y al siguiente instante el Tostado, ese acumulado de piedras, era una cascada precipitándose sin fin, subiendo impulsada por su misma caída y volviendo a venirse abajo. Y era algo tan

169

maravilloso que comenzó a hacerse costumbre el viaje diario a observar el Tostado, el fijo de piedras o el que era una alta, descomunal caída de agua.

"Los pescadores de la región no hallaban qué hacer, pues se metían con sus cayucos y sus redes al agua, cuando súbitamente, sin decir ni agua va ni piedra viene, estaban en un pedregal infame varados, sin poder ir adelante ni atrás, sin ánimo para ponerse a saltar tras sus presas en el calorón y mientras los niños se divertían atrapando a los peces que saltaban entre las piedras en que se habían vuelto el río y los tres lagos. Pero en cambio los cazadores de cocodrilos y lagartos estaban haciendo su agosto. Y dejó de pasar lo que aquí cuento, tan prontamente que cuando mamá Pastora y mi abuela María del Mar volvieron de Cuba ya todo era recuerdo, uno más, pero de lo que quiero hablarles es de lo que pasó en esos días, porque, sabrán ustedes..."

22. Primera noche

A la mañana siguiente, Dulce limpió la gota del piso y lavó la hamaca y el camisón para que no hubiera huella de mi flujo. No dijo una palabra, pero acomodó en mi ropero una bolsa de algodón y puso al lado del mueble un basurero de tule, recién comprado, y al lado de él, en la repisa del espejo, unas bolsas pequeñas de papel de estraza.

La segunda noche, cuando creí morir para siempre de la extraña caída en el río, presa de dolores eléctricos en el vientre, la abuela nos contó un raro cuento, que oí sin pestañear, completamente atenta, agarrándome a él para no fallecer victimizada por los cólicos, hasta que de pronto caí al pozo del sueño, sin saber dónde iba la abuela, de qué iba a tratar en realidad, o por qué nos presentaba esa noche un sitio del que nunca antes había mencionado una palabra, y que no se parecía a los lugares por donde deambulábamos con ella en las noches, casi idénticos a Agustini, pero más pesadillescos, más exagerados, más indomables:

23. El cuento de la abuela

"Sabrán ustedes que no lejos de la Costa de Progreso, hacia Playa del Carmen, antes de la Gran Ola que antecedió a la epidemia de cólera de 1846, y que lo barrió en cosa de segundos, existió el Archipiélago del Berro.

"Mi papá había oído hablar de él a su nana, que era un poco negra, un poco chole, un poco zapoteca, y otro poco blanca. Tenía la piel oscura en todo el cuerpo, y las puntas de los dedos claras, los pezones de una rubia, el caminar bailadito de la costa, las caderas apretadas de las oaxacas, los pechos inmensos del norte, y el cabello grifo de las negras. Ella se lo había descrito una y otra vez, a espaldas de mis abuelas, como le había hablado del Coco, de los muertos que en Nueva Orleans vuelven a la vida, de los perros que comen niños desobedientes, siendo en todas sus descripciones igualmente convincente y detallada, y al mismo tiempo fantasiosa y desconfiable de pe a pa, a los ojos de la razón y a los de los adultos. La historia del Archipiélago del Berro sabía a lo mismo que las demás, pero tenía una diferencia sustanciosa. El Coco, el perro tragón de niños, los muertos resucitados, eran parte de un mundo que no existe, pero el Archipiélago era pura verdad, era un lugar palpable.

"El Archipiélago del Berro (le decía la nana) no quedaba lejos de la costa, si quería cualquier tarde se conseguían a un chico que los llevara a verlo, sólo era cosa de que sus papás los pusieran en el puerto, de que se distrajeran, y tuvieran para sí unas tres horas.

"No contenta con mencionarle el sitio y con describírselo, la nana tramaba una y otra ocasión para ir a conocerlo:

"—Ya viene la Primera Comunión de la hija de tu tía Dorita. De seguro nos van a llevar a Paraíso, después del desayuno los mayores empezarán con la comida, y nosotros nos podremos enfilar para que lo veas, para que sepas que es cierto lo que te digo."

24. Segunda noche

Por más esfuerzos que hago, no puedo recordar el tono en que la abuela nos describió el Archipiélago del Berro. No que no me acuerde cómo era, o de qué trataba lo que ella nos empezó a contar antes de que yo quedara dormida, pero no puedo recordar cómo lo hiló, cómo pudo ella componer sus palabras para describir algo que realmente no le pertenecía. Lo haré a mi manera: visto, el Archipiélago del Berro era completamente igual a las islas sin gracia que salpican la costa del Golfo hacia el sur, un trecho de mar con manchones de tierra plana, poco extensos, rodeados de aguas poco profundas. Las islas son cenagosas; se necesita mucha buena voluntad para dividir de tajo las aguas de las secas. En el mapa sería imposible dibujar este territorio, porque las islas son móviles; en las lluvias queda inundadas, y en la temporada de secas no terminan de quedar sin agua del todo.

El Archipiélago del Berro no tiene vegetación ninguna. Ni una sola de esas matas, que saben crecer con rapidez apenas se les acerca directo el sol y que soportan semanas o hasta meses sumergidas sin morir, asoma por ahí. La tierra arenosa es brillante aunque oscura, como hecha por miles de cristales estrellados. Pero su verdadera originalidad no radica ni en lo pelón ni en lo brillante. Hay que plantar los pies en el Archipiélago para saber de qué está dotado ese lugar, cuál es su poder y cuál su gracia. Cuando uno camina por su superficie, ya sea con los pies secos o con los pies mojados, aquí y allá la tierra se abre, chupa el pie, lo atrapa, lo deja ir después de haberlo besado, el pie, el tobillo, la espinilla, la rodilla, no más allá, pero al mismo tiempo un aire abrasador, atrapante, fresco, carnal, sube por el resto del cuerpo, y aunque la mitad de la pierna queda libre del peso de la tierra, el abrazo chupador del aire no suelta ya al paseante. Caminar es como nadar, como entrar a un cuerpo, como sumergirse en una masa fresca.

Según la nana del abuelo, el que sentía al Archipiélago quedaba para siempre tocado por la dicha; a menos que engolosinado quisiera permanecer ahí, se negara a subirse de vuelta a la lancha, como de hecho había pasado con algunos conocidos ("¡No dejaré jamás este sitio que goza y da a gozar!") y lo siguiente era morirse de sed y de hambre, indefectiblemente, sin sentir por un instante ni sed ni hambre, sin que escociera la boca seca ni rechinaran vacías las tripas, vuelto completamente piel que recibe el abrazo, que siente la caricia, todo abrazado sin abrasarse ni sufrir, goce pleno.

Por eso le decía la nana al abuelo que frente a Paraíso estaba el Paraíso, que aquel archipiélago era el espejo del nombre del inmundo puerto.

Así que apenas estuvo el abuelo en edad de ser hombre, aunque su aspecto fuera todavía el de un niño, sin esperar a que apareciera el pretexto siempre anunciado por la nana pero jamás llegado a los hechos, cuando la voz se le comenzaba a quebrar aquí y allá en gallos ridículos inesperados, y todavía no se le veía en la cara más que mugre en vez de barba...

Entonces, decía, cuando el abuelo no tenía todavía la edad que él creía aparentar... Y ahí me quedé dormida, sin saber si el abuelo plantó el pie en la tierra que lo besaba, si vio el Archipiélago del Berro, si supo en carne propia por qué se llama así, si qué pasó que lo hacía merecer pasar a un cuento de la abuela aunque estuviera tan hecho de otra sustancia.

25. Tercera noche

La tercera noche del sangrado, que creí me había provocado el río, escuché el cuento de la abuela hasta el final, después de lo cual me dormí por encimita, sin desprenderme de una molestia en el vientre que terminó por quitarme todo rastro de sueño, levantarme de la hamaca y hacerme ir al baño, como no me había pasado nunca. De niña jamás me desperté a orinar, dormía la noche entera, de cabo a rabo, sin sentir jamás la necesidad de salir de mi hamaca por ningún motivo. Con cólicos, sin saber que así se llamaban, avancé en la oscuridad hacia el baño. En el patio central de la casa, mi abuela dormía tendida sobre su chal, un metro arriba del piso, suspendida. A sus pies, tirada sobre su rebozo, sin temer ni alacranes, ni hormigas, ni gusanos, mi nana Dulce se había echado al piso a dormir, igual que un perrito. Su rebozo no tenía la capacidad de flotar como el chal de la abuela.

Fui al baño y después me asomé por curiosidad al cuarto de mamá. Dormía sobre su hamaca, extendida plácidamente, los brazos abiertos. En la oscuridad que apenas arañaba la luz de la luna, creí contarle tres desnudas piernas.

Regresé a mi hamaca y me tendí, inquieta, sin poder conciliar el sueño. Se me ocurrió repasar el cuento que esa noche había dicho la abuela, y recontándomelo, en algún punto me quedé dormida:

26. Creciendo

En un santiamén se llenó de extrañezas mi cuerpo. Al lado del dedo más pequeño de mi pie derecho, brotó una redonda formación. Parecía de materia córnea. Primero fue redondo y liso, pero con los días fue adquiriendo punta, un cuerno.

El fin de semana llegó el tío Gustavo a visitarnos. No traía compañía, ni siquiera traía a su sombra, Jack el chino. Tampoco venía con alguno de los locos proyectos que emprendió en Agustini cuando más joven, y que lo llevaron a fracasar con la rueda de la fortuna, con la maquiladora de bolsas de cocodrilo, con la fábrica de chocolate y la de rompope, con los gallineros y la procesadora de un producto que curaba milagrosamente la calvicie. Por suerte, en cada aventura conseguía recuperar el dinero aunque fracasara, o por lo menos eso decía, excepto con la rueda de la fortuna, "mi hijo más querido, el más lucidor, el más egoísta, porque éste sí que no me retribuyó ni un centavo, el infeliz, todo fue perderle".

Gustavo pasó casi todo el tiempo en la finca viendo no sé qué al lado de la abuela, pero lo tuve para mí algunos minutos. Le pregunté si él sabía de seres con cuernos en los pies.

—No hay dios alguno con cuerno en el pie. Los hay con alas en los pies, con las que literalmente van volando, pero que yo recuerde no los hay con cuernos. Sería ocioso que inventáramos uno con cuernos, ¿para qué? Sería un monstruo inútil, sin encanto, absurdo. ¿O a ti qué te parece?

No me atreví a decirle que tenía un cuerno lateral en mi pie derecho. A fin de cuentas, no era tan grande. De largo medía medio centímetro, pero había pasado tantas horas observándolo que en mi imaginación yo era un ser abundantemente cornado en el pie derecho, aunque a los ojos sólo se mostrara una pequeña formación que se extendía por unos seis o siete milímetros.

Mi liso y claro cabello se había oscurecido y rizado. Ahora tenía una cabellera ajena que no sabía mi nana Dulce domar con propiedad y que yo tampoco era capaz de acomodar con elegancia. Era como si me hubieran cambiado de cabello. Tanto revisé el cuerno del pie y mi cabello rizado maldiciéndolos, que otras apariciones y cambios más significativos me pasaron inadvertidos. Por ejemplo, tardé en saber que yo tenía pechos de mujer, cobré conciencia de ellos hasta que un día no pude cerrarme una blusa del uniforme escolar.

Era una blusa vieja. Las otras tres eran más holgadas, y yo las prefería, pero Petra se había enfermado y todavía no regresaban limpias a mi ropero, tuve que echar mano de la estrecha que hacía ya tiempo no usaba. No me cerró, y al tirar y tirar la tela vi en mí esas dos protuberancias. Me sentí tan mal de tenerlas que no quise ir a la escuela, y en defensa propia me solté del estómago. No volví a pensarlas en todo el día porque lo pasé yendo y viniendo al baño, con un chorrillo distractor que me llenó todos los momentos y que no provenía sino de mi asombro y mi furia. Me dio diarrea de enojo.

Porque yo estaba furiosa. No quería saber de más invasiones en el territorio de mi piel. A pesar de mi voluntad, caí en la cuenta del vello púbico, del vello en las axilas, de la forma acinturada de mi torso. Me sentía la encarnación del despojo que precede al asalto.

No había sido muy amiguera. Algunas tragonas de mi salón de clase se aparecían por la casa en las tardes para comer de alguno de los pasteles de Lucifer, pero era estrictamente para eso. Se decían mis amigas para hacerse más dulce el bocado. Jugueteaban con mis Barbies mientras que yo les hacía caso unos momentos, pero al poco dejaba de atenderlas, y tirada en mi cama, o reclinada en el banco que había a su pie, me absorbía en la lectura, ignorándolas. Apenas se acababan el postre y se fastidiaban con las rígidas muñecas, salían de casa. Venían por los postres y los juguetes, pero no por mí. A raíz de lo que me había ido apareciendo en el territorio del cuerpo, me encerré más en mí misma y me quedé sin esas espasmódicas compañeras. A ellas también se les hacía más difícil venir, no sé si tanto por mi hostilidad, o porque las muñecas y los juguetes no eran ya pretexto. A pesar de que los pasteles de Lucifer seguían siendo excelentes, todas dejaron de visitarme. Pasaba las tardes alternativamente leyendo, contemplando mis desgracias, y por primera vez en mi vida, suspirando por alguien. Había entrado a mi cabeza la necia idea de que había algún rincón del mundo en el que docenas de amigos en potencia me esperaban para conversar de las centenas de ideas que habían llegado también (extraño que no lo pensé así entonces) a invadirme. Suspiraba por esos álguienes mientras interponía una valla entre mis compañeras y mi persona. Había decidido que no tenía absolutamente nada que hablar con ellas. Pasaban las tardes maquillándose, acomodándose pelucas, probándose ropas y hablando de los tres chicos del pueblo de quienes podían hacerse novias.

Yo no era la única que soñaba con dejar el pueblo, pero sí la única que por ese motivo quería abandonarlo. Las otras querían ir tras novio y marido; ésos eran sus dos horizontes. Sólo teníamos doce años, pero el único panorama enfrente de nosotras era el matrimonio. Quedaban tres años muertos. En el pueblo, la escuela terminaba en la primaria. Para hacer la secundaria había que irse a Puebla, a Villahermosa o a Mérida, y nadie pensaba siquiera en la posibilidad de cursar la secundaria en la escuela oficial de Agustini, donde la única alternativa, se decía, era verse rodeada de indios zarrapastrosos, compartiendo en un solo salón al único maestro para los tres grados de la secundaria.

Mamá y la abuela habían pensado enviarme a Puebla, al mismo internado de religiosas al que irían seis más de mis compañeras. A mí el plan no me interesaba en lo más mínimo. Mamá y yo lo habíamos ido a ver; después de hacer el largo trayecto subiendo y bajando pangas, nos habíamos entrevistado con las monjas poblanas y me habían hecho el examen de admisión que consistía en saber responder a las preguntas de la doctrina, y contestarlas verbalmente. No importaba siquiera la ortografía. En esa escuela aprendería cocina, bordado y tejido, administración del hogar y francés. Todas las disciplinas hubieran podido ser enseñadas en casa, excepto la última, aunque mamá, que también había estudiado con esas monjas, hablaba el francés con soltura, pero no por haber estado con ellas, sino por el tiempo que pasó en Europa, donde fui concebida yo y del que jamás se hablaba en casa, intentando borrarlo y convertirme en hija de la nada.

Los viernes, las monjas organizaban tardeadas a las que concurrían los muchachos del bachillerato de los maristas y lo más selecto de la sociedad poblana. Así se entrenaba a las alumnas en cocina, protocolo, maquillaje y peinado, y se mataban dos pájaros de un solo tiro bajo el techo del internado, porque para la reunión se elegía con todo cuidado a los asistentes varones. No cabía duda de que al terminar la secundaria todas las alumnas tendrían tratos, bajo los severos ojos de las monjas, con algún buen partido.

27. La lluvia de la feria

La temporada de secas se había prolongado más allá de lo normal, y todos los del pueblo comenzábamos a ponernos nerviosos. El calor se había hecho insoportable, el polvo nos tenía literalmente cercados, el río se había adelgazado hasta casi desaparecer y extrañábamos el sonido de la lluvia. En nuestra región llovía todos los años, abundante, ruidosa, exageradamente, y el clima era siempre para nosotros benignidad y opulencia. Éramos pueblos de lluvia, acostumbrados a las inundaciones y los excesos de agua. Nuestros ancestros habían perdido las escamas sin abandonar el alma de peces. Esperábamos impacientes la temporada de lluvias para sentir a todas horas el agua en la piel y (si puede usarse aquí esta palabra) refrescarnos en el chapaleo de un aire que se volvía todo humedad, si no literalmente agua.

Ahora que ya debiera, no llovía. Sentíamos en la piel el escozor de la resequedad. Nuestras gargantas también ardían, como si nuestras branquias llevaran semanas respirando arena. Se acercaba el día de San Juan y no había caído aún una gota. La feria itinerante se había instalado sin sufrir, por primera vez, las molestias de la lluvia. Venían los camiones de siempre, cargados con el juego del látigo tronchado en cuatro partes, los carros chocadores, el látigo desensamblado, el camión-corral de los falsos animales fenómenos, la cabra de cinco patas, la vaca de dos cabezas, el borrego verde, los tableros y los premios de los juegos de dardos y de canicas, el camión del mago, el de la mujer tortuga y uno más con una larga torre en el centro que ahora puedo comparar con la del guardacostas pero que entonces me pareció una infernal maquinaria que agitaría el corazón de todos los jóvenes del pueblo, tal vez meneándolos más y más abruptamente que el látigo, y subiéndolos más alto que la detestada rueda de la fortuna.

Para la noche de San Juan, la feria estuvo armada y abierta la venta de boletos. Me dirigí, primero que nada, a la torre, para saber qué era y cómo funcionaba; qué deleites perversos nos esperaban en ella.

Avisaron con un magnavox, puesto que éramos tantos esperando subirnos a la torre, prácticamente el pueblo entero (excepto las monjitas, el cura y el servicio doméstico), que la torre funcionaría a la compra de diez en diez boletos, que era cosa de tener paciencia porque ese juego, aunque nos beneficiaría a todos, llevaría su tiempo. Enfrente de mí había bastantes más de diez, así que tomé boleto para la diversión que había al lado, "Venga a ver a la mujer tortuga", cabeza humana, cuerpo de galápago, que desde el fondo de una pecera, con el cabello sospechosamente seco, nos narraba que se había convertido en ese monstruo por desobedecer a sus papás, sacando burbujas del agua que la rodeaba, mientras se deshacía en expresiones de arrepentimiento, cuando de pronto el cielo verdaderamente estalló en lluvia. La cabeza de la mujer tortuga se mojó (milagro que no había conseguido la pecera llena de agua en la cual nos proyectaban su imagen) y todos estallamos en risas, aunque la mujer tortuga no perdió ni por un instante su aire trágico y solemne, de india papanteca sin lugar a dudas, hierática y desdeñosa. Ella continuaba arrepentida, aunque el juego de espejos hubiera perdido su poder de engaño.

La lluvia intensa duró solamente un minuto.

La torre era la que había hecho caer la fuerte lluvia. Era una máquina para hacer llover. Por más peces que fuéramos los de Agustini, convenimos en que a la mañana siguiente compraríamos los boletos de diez en diez y que dejaríamos seca la noche para disfrutar la feria. La mujer tortuga, sumergida en su enorme pecera, no se volvió a mojar. Sólo aquellos que entramos los primeros presenciamos la revelación de su verdadero secreto, el juego de espejos que la dejaba estar a secas aunque la viéramos sumergida en agua, "por desobedecer a sus papás".

A la mañana siguiente llovió muy intensamente en periodos cortos interrumpidos. Era una lluvia peculiar porque no comprendía ningún rayo o trueno, ni nada de viento. Consistía en un caer de gotas gordas como pelotas de golf que mojaban solamente al pueblo y sus más cercanas inmediaciones. El resto de la parafernalia que acompañaba a la lluvia no se presentaba; ya no volveré a nombrar ni a los ventarrones ni a los truenos, porque ni siquiera corrían nubes oscuras a ocultar los rayos de sol mientras caían los goterones quién sabe de dónde, y era tan tupida que no nos dejábamos embelesar por los inmensos arco iris que radiantes brillaban en cuadrillas.

A nuestra finca no alcanzaba a mojar, así que la abuela los abordó para preguntarles si había manera de extender su poder, o si era necesario que la torre se mudara para allá, pero este último era un ofrecimiento puramente fantasioso; los caminos estaban en tan pésimo estado que era a todas luces una posibilidad impracticable.

—Cómpreme cincuenta veces diez —le dijo el administrador de la feria—, y verá usted una lluvia como no la ha visto nunca.

La abuela no se tentó el corazón. Pagó cincuenta veces diez el importe de un boleto, pidió venia para llegar a casa sin mojarse, y apenas lo había hecho cuando estalló una lluvia de proporciones jamás antes vistas, lo que son palabras mayores porque en Agustini caían tormentas descomunales.

Estábamos en los últimos días de clases, ningún pretexto valía para faltar a la escuela o interrumpir exámenes o lecciones (habían llegado las pruebas que exigía la Secretaría de Educación Pública a cambio de nuestro certificado de primaria, y las hermanitas querían que las contestáramos lo mejor posible para evitar cualquier inspección que las obligaría a vestirse de civiles y fingir demencia en relación a su estado religioso), pero apenas terminó de caer la tremenda lluvia, que habíamos contemplado todas mudas sin tratar de hacernos oír bajo su fragor estruendoso, cuando la hermanita nos mandó a todas a casa, aterrorizada, diciendo —según costumbre ante las violencias de la Madre Naturaleza— "éste es el fin del mundo, éste es el fin del mundo. ¡Recen, niñas, recen!".

Su reacción era una insensatez. Si acaso había pasado algo con la caída de esa tormenta tupida, o si iba a suceder algún peligro, estábamos más seguras a su lado y no dispersas en el pueblo, pero sólo escuchó el consejo del pánico, y nos echó a la calle para correr a guarecerse con sus protectoras hermanitas, atrás de los muros del convento, pasando antes por la iglesia, donde tenían convenido juntarse en caso de necesidad extrema, peligro o amenaza en contra de la fe de Cristo o de sus humildes personas.

El río se había desbordado. Caminé a casa esquivando su rugiente proximidad. Al pasar por el costado de la panadería, alguien corpulento y grande me tomó de la cintura, alzándome del suelo, sin que me diera tiempo de aullar pidiendo auxilio o de escaparme y echarme a correr.

Una mano gorda sobre mi boca me impedía gritar. No entendí qué ocurría. Sólo recuerdo el sótano de la panadería, un jaloneo absurdo, las manos del hombre esculcando mis ropas, mis gritos, ahora que ocupaba en otra cosa sus manos, los pies resbalando en piso mojado, el golpe de su cuerpo al caer sobre la mesa de harina, y que de pronto entró el profesor de la secundaria, gritándole al ver la escena:

—¡Alto ahí!

El hombre me soltó.

—¿Pero qué no ves que es sólo una niña? ¿Qué te pasa a ti? Pongamos que tienes sólo harina en la cabeza, ¿pero y tu corazón? Pídele una disculpa a Delmira, ¡ya!

—Creí que era su mamá —contestó tartamudeante, ya a una cierta distancia de mi persona.

192

—¿Además estás ciego? —¿Y ustedes? —entonces vi que nos rodeaban los otros panaderos, vestidos de blanco, los torsos desnudos, que ahí estaban en el centro de esa nube de luz, con los ojos desorbitados. También me di cuenta de que la blusa de mi uniforme estaba abierta, y la cerré, y bajé la camiseta que el hombre me había forzado hacia arriba. Sentí que me había meado de miedo, tenía los calzoncillos empapados. —Muy mal, muchachos, muy mal. Ven acá, niña.

Me tomó de la mano y sin soltarme subimos juntos la escalera que yo no sentí bajar. Afuera, el pueblo estaba trastornado por la turbulenta caída de agua. La gente sacaba cubetadas de los patios, ponían sacos de sal a la entrada de las casas, y me maldecían al verme pasar, sin que yo supiera aún que había caído esa lluvia bestial por causa de la abuela, sintiendo que me insultaban, por lo que me acababa de ocurrir, que por eso me increpaban. Me temblaban las piernas y no conseguía serenar mi respiración. El profesor no me soltaba de la mano. Él, que cuidaba indios, ahora me tomaba a su cargo, rescatada de algo terrible, de algo que yo no podía ni imaginar. Por un momento sentí un intenso pudor ante él: me había visto con las ropas revueltas cuando una mano asquerosa me tentoneaba, humillándome. Él, insensible a mi arranque, casi llevándome en vilo, sin permitirme una inmovilidad que parecía exigirme mi condición, me llevaba a paso apresurado, como una grácil sedita, por las calles de Agustini, directo al kiosco de la Alameda, donde me invitó un helado. Se sentó frente a mí a comerse el suyo. Para mí había ordenado un doble de limón.

—Si quieres llorar —me dijo, sentado frente a mí— puedes hacerlo, Delmira. Te doy permiso. Y si alguien pregunta que qué te pasó, yo doy la cara, invento cualquier cosa, que te tropezaste, que te caíste, que por un pelo te lleva el río, ¿qué te gusta más?

No hablé. El helado estaba obrando maravillas, como la mirada del profesor. Helado y mirada me reconstituían. Incontables helados manducados a lo largo de mi vida no habían hecho este efecto, y lo que nunca antes había visto era la mirada del maestro, que cálida infundía tranquilidad y confianza.

—No hables si no quieres, pero si quieres, chilla.

—No tengo de qué llorar —le dije con voz aplomada.

—¿Pues de qué estás hecha tú, niña? ¿No sientes nada?

—Claro que siento y siento, y dejo de sentir cuando siento feo, si tonta no soy. Además, me gusta ser dura. Sólo las duras podemos con las huesudas.

El profesor se rió.

—Tienes harina en la espalda, ¿te la sacudo?

"También tengo los calcetines empapados", pensé y dije a un tiempo, agregando:

—Debiera irme a cambiar a casa, pero...

—¿Quieres ir?

Le dije que no con la cabeza. Se levantó, y con unas palmadas suaves me quitó la harina del cabello y de la ropa. Me vio los pies.

—Los calcetines se secan al rato. Ya sé; pedimos otro helado, nos sentamos en una banca del parque, te quitas los zapatos y calcetines, y me cuentas tu vida. ¿Cómo ves?

No esperó mi respuesta. Pidió los helados, los pagó y me hizo una seña para que lo siguiera. Nos sentamos bajo una buena sombra, mirando la iglesia.

—¿Entonces?

—Entonces, ¿qué?

—Ya vas a acabar la primaria, ¿qué planes tienes?

—Mi abuela quiere enviarme a Puebla a aprender todo lo que pudo haberme enseñado ella. Me da asco pensar que voy tomar clases de cocina, de bordado, de tejido... ¿Para qué?

—¿Tienes amigas en la escuela?

—¿De dónde las saco? Las de mi salón tienen la cabeza llena de paja, no hay ni una sola humana, ni unita. ¿Crees que nomás hablan de casarse, de novios, de cómo va a ser su casa, de cuántos hijos van a tener, de que si prefieren les nazca primero el hombre o si primero la mujer, del lugar donde van a ir de viaje de bodas?

—¿Por qué no entras conmigo a la secundaria? ¿Te gustan las matemáticas?

—Hago más rápidas las cuentas que las hermanitas.

—No es mucho decir. ¿Te gusta leer?

—Es lo que más me gusta. Yo leo mientras la hermanita explica mal cómo se hacen las cuentas.

—¿Qué libros lees?

—Los del estudio de mi casa. Los que eran de mi tío Gustavo: *El tesoro de la juventud*, *Las aventuras de Guillermo*, *Los tres mosqueteros*, el Rocambole, Julio Verne, *Los miserables*...

—¿Qué te gusta más, *La vuelta al mundo en ochenta días*, o *Doctor Jekyll y Mister Hyde*?

—*Doctor Jekyll*.

—¿*Sherlock Holmes* o *Robin Hood*?

—No sé cuál me gusta más. Sí, *Robin Hood*.

—¿Alguna otra de tu salón lee?

—No que yo sepa.

—Vas a entrar a estudiar conmigo.

—¿Cómo crees? Estás mal. Ni de chiste me deja mi abuela.

—El padre Lima me debe algunos favores. Él se encargará de que entres a estudiar conmigo. La abuela no le va a decir que no. A Gustavo, además, no le va a parecer nada mal. Después, te vas a hacer la preparatoria a la ciudad, entras a la Universidad, terminas tu carrera y salvas al mundo. ¿Te gusta el plan?

—No lo sé... Sí... Mucho —cada instante su voz me sabía mejor, y el maestro me caía más bien. Era un hombre seductor, feo y delgadito pero muy encantador, música de flauta para las víboras, canto de Hamelin. Era más gracioso que Jack el chino y mucho más inteligente—. Yo había soñado con que mi tío Gus me llevaría con él a la ciudad apenas terminara la primaria, y que haría allá el bachillerato entero...

—¿Qué quieres estudiar?

—Quiero ser arqueóloga.

—¡Válgame el cielo! ¿Ya le contaste a tu abuela?

—No hablo con ella, no he hablado nunca con ella. No oye. Todo el día está limpia y limpia, o haciendo cuentas de la finca. ¿Qué tanto le cuenta?

—Ni te imaginas qué tanto le cuenta... ¡Una fortuna!

—Yo quisiera irme con Gus. Él es otra cosa.

—Pero ahora no te llevaría Gustavo consigo. En cambio, en tres años, no me cabe duda de que le encantará la idea. ¿Ya quieres ir a tu casa?

—¡Ni loca!

—¿Te gusta la música?

—¿Cuál? ¿Una del radio?

Se rió. No dijo nada a mi pregunta. Sólo me avisó, "ahora vamos tú y yo a mi casa", me volví a poner zapatos y calcetines, que estaban ya prácticamente secos, dejamos la banca del parque y nos enfilamos juntos, conversando sin parar, hacia allá. El sol brillaba como si nunca hubiera llovido en Agustini.

28. La casa del maestro

La casa del maestro era muy distinta a la mía y a las otras del pueblo. Tampoco se parecía a las que había yo visto en los viajes con el cura (las de los indios, oscuras y frescas, de forma redonda, techo de palma, paredes sin esquinas de adobe, o las enormes, de muy altos techos, rodeadas de verandas, con patios interiores y una sucesión interminable de habitaciones, de los capataces o los dueños de fincas), ni tenía nada en común con las de mis primos de Puebla o Villahermosa, esas casas urbanas, de dos o más pisos, sin balcones, con sillones mullidos, tapetes o alfombras en los pisos, ruidoso aire acondicionado, escaleras y barandales, pasillos interiores, patios techados, muebles de otros tiempos o grotescamente a la moda, y una cantidad de baños que no tenía sentido, si no era pescar vampiros, detectándolos con tal cantidad de espejos.

La puerta de la entrada de casa del maestro daba directamente a la sala de piso de mosaico y dos ventanas (que no balcones) a la calle, un cuarto umbrío y fresco amueblado con sillones de patitas picudas. Reinaba en ella un silencio inusual en las nuestras, porque no pululaba un sin fin de gente, como en las otras que yo había estado, incluyendo la mía, donde no era extraño ver husmeando por la puerta de mi habitación al vendedor de miel, al muchacho de la lotería, a la señora que nos traía bordados los blancos y gigantescos trapos de la cocina con la letra U del apellido de la familia. La gente iba y venía, entraba sin avisar y a veces se dilataba más de la cuenta en salir. Los únicos que invariablemente querían dejar la casa huyendo eran los indios que venían de la finca o el gordo capataz, pero incluso ellos se tomaban el refresco que les diera la vieja Luz o la maldita Lucifer (la primera sonriéndoles, la segunda maldiciéndolos), los indios acuclillados en el piso de la cocina, el gordo capataz sentado frente a la mesa del molino sin quitarse el sombrero. Cuando yo era muy pequeña, el capataz llegaba a caballo, montado en un alazán precioso, "la niña de mis ojos". Después, alguna de las camionetas para transportar el café nos lo traía a la puerta con el mugir de maderas de las redilas que no alcanzaba a apagar el motor siempre rugiendo. Las camionetas también tenían nombre, por cierto, escrito atrás en el borde de la caja de carga, con gruesas y compactas letras negras, "Mi último viaje", "Mariposa de carretera."

De todas las casas que yo conociera antes de la del maestro, la más silenciosa era la de Elbia. Su abuelo —dueño de la mueblería del centro que abastecía a toda la región de colchones, roperos, mesas de brillante formaica, cabeceras, burós, y etcéteras, cuyo hijo mayor había montado en Villahermosa, Tampico y después en la ciudad de México varias sucursales de la misma inmunda tienda, había perdido el movimiento y la capacidad de pensamiento en una confusa historia ocurrida en algún exótico rincón del África. El hijo, tío de Elbia —el rico mueblero— y el abuelo —el mueblero provinciano— se habían ido de cacería con propósitos casi profesionales y meramente decorativos. Iban para traer con qué enriquecer la apariencia de sus tiendas: con cabezas de león disecadas, patas de elefantes vueltas taburetes, colmillos, pieles de cebras y de tigres. Con todo esto sí, regresaron, pero el abuelo había sufrido un accidente innombrable, que algo tenía que ver con un secuestro, si me quedó claro, y ahora lo tenían como a otro y horrible mueble más en casa. Pero incluso ahí, donde reinaba la pena de la enfermedad y la amenaza de la por otra parte deseada muerte, entraban y salían personas, aunque sin revuelo ni libertad de ruido. Porque a mi casa el pajarero entraba silbando, después de haber dejado apoyadas contra la fachada sus jaulas, el vendedor de quesos entraba cantando, la de los deshilados y bordados entraba rezando sus jaculatorias, confundiendo siempre la nuestra con el convento (no estaba tan mal, las construcciones se parecían). El silencio era en mi pueblo una especie extinta. Todas las casas eran como panales zumbadores, los seres entraban y salían revoloteando a conversar, a hacer cuentas, a ofrecer cangrejo vivo, peje fresco, pigua recién sacada del río, orejas de mico o icacos en almíbar negro, a comprar rompope, a gorronear un pastelillo o un bocado, a tomarse un refresco, o a batir junto con alguien la crema para hacer la mantequilla.

No la casa del maestro, ocupada estrictamente por su tía y por él. La suya era una casa de puerta cerrada y directa a la habitación como la de los indios, pero metálica. No era tan oscura como las sin ventanas de los mayas que vivían en los otros pueblos de la región, pero recibía mucho menos luz que las nuestras. Entrar a ella era como cambiar de pueblo, introducirse en un asentamiento mestizo desconocido para nuestro Agustini. En ella todos los objetos se apoyaban, el cenicero tocaba la repisa, la taza hacía un sonido cuando al terminar el café uno la ponía sobre la mesa, ¡puc!, sonó la mía, y me asustó. Las cosas en esa casa tenían otro cuerpo. Los objetos, además, eran de muy otra naturaleza. No había floreros, ni con las imitaciones de plástico como en la mayoría de las casas, ni con naturales como en la nuestra y en la del cura. No había figuras adornando los muebles, no estaba el payaso que apareció por primera vez en la sala de doña Gertrudis de las Vegas, la amiga de la abuela a la que íbamos de vez en vez a visitar ("es por compasión —me explicaba la abuela— la pobre lo ha perdido todo, es una desgracia, mira nada más cómo vive"), ni las campanas de la mía, ni las figuras de lladró de casa del doctor, ni las vírgenes que las hermanitas habían ido juntándole al cura.

Lo que había era un número incontable de libros, regados sin aparente orden ni concierto por toda la casa, en libreros, sobre las mesas, o acostados aquí y allá, y bajo ellos no se formaba la pelusilla que en la nuestra crecía como una perversa floración de las letras al pie de los volúmenes flotantes con los que sólo yo tenía tratos. Había además algo que nunca entraba en casa: periódicos y revistas. Gustavo, cuando vivía en el pueblo, iba al café de los portales a leerlos, los compraba en el puesto de impresos, y al retirarse, invariablemente, los dejaba sobre la mesa para que los meseros los leyeran o los tiraran al bote de la basura.

Como los objetos sí se apoyaban en esta casa, el maestro tenía en su poder algo que a los demás nos estaba prohibido. Me acuerdo todavía con toda claridad cuando Gustavo hizo el fallido intento de hacerlo funcionar en casa. Llegó con el tocadiscos recién adquirido en Campeche, donde había comercio de importaciones, junto con una buena cantidad de gordos discos de pasta, uno de los cuales llegó roto por el traqueteo del camino. Era un precioso Panasonic portátil moderno, una maleta verde claro que en una de sus tapas tenía las dos bocinas y en la otra el tornamesa. Gustavo lo acomodó con todo cuidado, puso en un lugar y en otro las dos bocinas que venían con su respectivo cable café conectadas al tocadiscos, pero por más que le hizo y le deshizo, no lo pudo hacer sonar. Después de que le revisó esto y aquello, y de que pensó en ir a devolverlo al fayuquero que se lo había mercado, Gus cayó en la cuenta de que la aguja flotaba sin rozar la superficie del disco, produciendo por esto cero sonido. Intentó que bajara poniéndole una moneda de un centavo sobre el lomo plano del brazo de la aguja, pero las monedas nacionales, fuera cual fuera su denominación, flotaban a su vez. Probó entonces con un *quarter* americano, pero lo único que consiguió fue, después de haber podido oír un pedazo de canción, arruinar el disco. Ése era el mismo tocadiscos con el que ahora oíamos cantar a una voz en inglés que recuerdo con toda claridad. Era Bob Dylan. La aguja leía sin dificultad las canciones sobre discos ahora más ligeros, algo más delgados y más grandes.

La otra habitante de la casa, la tía, me pareció una vieja, mucho mayor que mi abuela. Era una solterona que había cuidado del sobrino desde pequeño, que trabajaba de maestra en la escuela oficial, conocida en todo el pueblo como la señorita Ramírez Cuenca. No parecía haber en esta casa más familia, la suya terminaba y comenzaba con ellos dos, cosa también por completo inusual en nuestra región, donde las relaciones sanguíneas se ramificaban hasta la exasperación. Recuerdo que una tarde mi abuela decidió recitarme el árbol genealógico de los Ulloa, y fue desde la fundación del pueblo hasta nuestros días, extendiéndonos a lo ancho cada vez más, hasta que parecía que no había casa de bien en nuestro pueblo con la que no tuviéramos algún parentesco. Agustini estaba habitado por una legión de primas y de primos, de tíos y sobrinos.

No sé cuánto tiempo pasamos en su casa, brincando de un disco al otro, de una canción a otra, pasando por Debussy, que bien poco me interesó aunque a él le apasionara, si lo comparo con el efecto que hicieron sobre mí Joan Baez,

Simon and Garfunkel, el San Francisco de Scott McKenzie, Óscar Chávez, pero bastó para que el día volviera a comenzar para mí y todo lo anterior (la casa, la escuela, Agustini) se convirtiera en cosa del pasado. En casa no teníamos siquiera radio. El que se oía en el mercado tocaba invariablemente música mexicana de otros tiempos o grupos pseudo-tropicales, y cuando estaban en ánimo de ser modernos cambiaban a una estación donde se escuchaban baladistas cursis, la misma de la asesora sentimental que era casi el oráculo de las casaderas de mi pueblo, en el programa "Cura de sentimientos". Mi abuela decía que desde el tiempo del doctor San Pablito no había habido un tomador de pelo más grande que ella, que era una merolica, que no entendía cómo las chicas la tomaban con tanta seriedad. Por mi parte, jamás pude oírla. Algo había en el tono de su voz que me invitaba a la distracción. Pero a mamá y a Dulce les encantaba, encontraban la manera de salir de casa justo a la hora de su transmisión para ponerle el oído encima. Se detenían frente al radio de la mueblería o al del mercado, para escucharla de pie, reverentemente. Apenas dejaba de hablar y comenzaba la transmisión de canciones, las dos se echaban a andar, de carreras, para volver a casa antes de que la abuela sospechara a qué habían salido en realidad. Cuando Luciferita entró a

206

trabajar a la casa, llegó con su radio. Lo tenía en su cuarto, y a la hora del programa de la asesora sentimental no había manera de encontrar a Dulce. Estaba con la oreja pegada al aparato. Pobrecilla, alguna fantasía debía de hacerse con algún hombre, me imagino, o soñaría con casarse con alguien, no lo sé. Jamás me hizo notar que alguno fuera particularmente de su agrado.

Mientras seguíamos escuchando discos, comimos un par de sandwiches de jamón, hechos con pan industrial blanco de orilla blanda, como tampoco en mi vida entera había hecho. Alguna amiga llevaba a la escuela sandwiches para el recreo, pero era algo realmente ajeno a nuestras costumbres. Lo normal era comer a media mañana una tostada preparada por las hermanitas; las vendían en la puerta de la escuela para sus alumnas y los que pasaran a esas horas por ahí, un número considerable, porque la gente desviaba su camino con tal de topar con ellas y poder llevarse esas delicias a la boca.

Llegó el momento de volver a mi casa. La tía había salido, había vuelto a entrar con la nueva de que las Ulloa se habían enterado del incidente de la panadería y había vuelto a salir para aplacar los chismes que corrían como reguero de polvora. Me tuvo muy sin cuidado lo que a ella parecía preocuparle tanto, y no le dediqué un segundo de pensamiento. Camino a casa, no escuchaba lo que el maestro me venía diciendo, porque sonaba adentro de mí *The answer my friend*, a un volumen tal que no podía entrarme nada por los oídos del cuerpo. Tampoco me di cuenta de que dejaba atrás al maestro y de que entraba a la casa.

Topé con las huesudas en el patio. Conversaban acaloradamente la abuela y mam; enfrascadas en su intensa charla no me vieron entrar. "Hola, las dos", les dije, con tono alegre. Al oírme, mamá se levantó de la hamaca y con paso rápido, completamente ajeno a su caminar de gato, se dirigió casi corriendo a su cuarto, ahogando el llanto que no alcanzaba a tapar el tipititap de sus tacones. La abuela, en cambio, se quedó clavada de pie al piso, congelada. ¿Qué les pasaba? Mi nana Dulce, al oír mi voz, salió de la cocina, con la boca todavía llena de quién sabe qué golosina, y entró corriendo al patio. Al ver la escena, soltó una carcajada histérica, pero se tapó de inmediato la cara con el rebozo (ahora ella, imitando a la abuela, también se ponía algo parecido a un chal sobre sus hombros al caer la tarde), ahogando la risa que la avergonzaba. La abuela, de pie, comenzó a llorar.

No me atrevía a preguntar nada. La abuela seguía llorando inconteniblemente. Me dije a mí misma, "¿por qué llora?" y me contesté, cayendo en la cuenta, "llora por mí, por lo de la panadería". Esto había llevado a la casa un velorio. En Agustini no se podía ocultar nada.

—Lleva a bañar a Delmira —dijo la abuela a la nana Dulce.

Alcancé a oír que también mamá seguía llorando en su cuarto. *The answer my friend* no se borraba de mi cabeza. Tuve que hacer un esfuerzo para ponerme a tono, barrer a un lado la melodía y recordar que, sí, aquellos hombres me habían metido a la panadería, pero de inmediato ajusté los tiempos. Eso había ocurrido hacía mucho, había sido horrible pero ahora no tenía la menor importancia.

Hasta este instante, el maestro me alcanzó. Alguien lo había entretenido justo antes de entrar a la casa, me explicó.

—Buenas tardes —dijo, interrumpiendo el llanto de la abuela—. Señora, tanto gusto —le extendió la mano que la abuela recibió—, buenas tardes. Disculpe que irrumpa en su casa, pero necesito hablar con ustedes dos, si me lo permiten. Me ha dicho mi tía que están las dos muy preocupadas.

La abuela lo tomó del brazo con las dos manos. Súbitamente sí parecía vieja, mucho más vieja que ella misma, ahora sí considerablemente mayor que la tía del maestro. Se aferró a él como una enferma y exhausta aguililla que se posa para no desvanecerse a medio vuelo. Pero gritó con voz aplomada: "¡Ven acá, hija!", y dirigió a su sostenedor a la puerta de la sala, rígida y sin dudar. Ahí lo soltó para sacar su llavero de cadena de la bolsa de su blanco vestido de algodón, y abrió la puerta. Mamá, con su habitual paso narcótico, estaba ya a su lado. Entraron los tres dejando tras de sí la puerta abierta.

Apenas la traspusieron, mi abuela dijo, sin dejar de llorar:

—¡Mejor nos la hubieran regresado muerta!

Dulce y yo nos quedamos sin obedecer la orden del baño, escuchando la conversación que aunque no fuera en elevada voz era completamente distinguible. Las dos lloraban, y él les hablaba en cambio con voz serena y musical, explicándoles que todo había sido sólo un susto, que por la intensidad de la lluvia los panaderos habían salido temiendo ahogarse, y que arriba, donde jamás solían estar, se habían puesto locos; que yo había tenido la mala suerte de pasar en ese momento, pero que él había entrado casi rozándome los talones, que no se preocuparan, que, como ya les había dicho, sólo había sido un susto, que no había pasado nada, todo se había reducido a un muy desagradable jaloneo que él me había curado con un helado de limón, otro de guanábana y una canción, la que sonara en sus discos. Que dejaran de llorar, que él estaba seguro de lo que les decía, que no había pasado nada en verdad, que sí, que no se preocuparan, que él se encargaría de difundirlo por todo el pueblo, que en este mismo instante su tía ya lo estaba haciendo.

"Cómo agradecérselo", empezó la una, "cómo agradecérselo", siguió la otra, y él "no tienen nada que agradecerme, fue un placer conversar con su Delmira, qué chica más lista, más inteligente, es más leída que nadie en este pueblo".

—Ése es un problema —lo cortó en seco la abuela. Ni en esas circunstancias iba a permitir que hablaran bien de mí. Salió de la sala, pidiendo a Dulce que ordenara pastel y leche de guánabana en la cocina para ofrecerle al maestro, sin antes consultarle, y a mí con un gesto de la cabeza (muy distinta su cara después de haber llorado, rejuvenecida, vuelta a su edad indistinguible) me indicó que debía entrar a sentarme con ellos.

—Lávate las manos antes —fue todo lo que me dijo.

El maestro intentaba declinar de mil maneras distintas el pastel, pero, por más que lo intentó, tuvo que someterse a una gorda rebanada del Sacher-Torte, un vasote de licuado de guánabana, y salir cargando una buena dotación de tablillas de chocolate de la abuela, "regalo para su tía", así como un frasco bastante grande de

211

curtido de durazno y una lata llena de galletas y dulces de almendra.

Apenas salió él, la abuela volvió a echar llave a la sala, no sé si por temer que alguien robara los candelabros de plata, el icono ruso, las campanas de distintas partes del mundo, de plata, cobre o piedra, los enormes jarrones de cerámica china, que se bamboleaban perezosos, o el enorme san Sebastián, pintado a finales del XVII en la ciudad de Puebla.

Era ya la hora de dormir. Las estrellas brillaban, los grillos chirriaban, el atardecer había pasado sin que percibiéramos sus colores chillantes. La abuela con su chal a los hombros echó la tranca. Cuando se acomodó en su mecedora, yo me tendí en la hamaca, Dulce sacó el peine de dientes separados y mamá se arrellanó frente a ellas, diciendo:

—Con tanto alboroto por lo de la niña no pensamos que no llegaron noticias de la finca. ¿Habrá pasado algo con la lluvia?

—Si hoy las vacas no volaron, perdimos más de una. Cualquier camioneta se habría quedado enfangada con noticias. No veo la hora en que pongamos allá un teléfono y nos dejemos de angustias.

Acto seguido, como si súbitamente no importara nada ninguna vaca muerta, ni hubiera habido susto alguno que comentar, la abuela procedió de un hilo a contar la historia del día:

29. El cuento de la abuela

"Hoy les voy a contar cómo los protestantes intentaron convencer a los hombres de Paraíso de que se alejaran de la fe de la Iglesia.

"Pues resulta que unos ingleses habían llegado a vivir a Paraíso, para hacer desde ahí sus comercios marinos, al principio de frutas, después maderas (caucho no, esto fue antes de que llegara la fiebre del hule, cuando todavía los europeos creían que el caucho sólo servía para borrar el lápiz), pieles de cocodrilo y de víboras, qué sé yo qué más, si éstos eran capaces de vender hasta a su madre, y les iba tan bien que compraban un carguero tras otro y una cantidad incontable de cayucos para acercar las mercancías al puerto.

"Los ingleses no eran gente como uno. Vivían diferente, creían en otro dios, eran protestantes. Antes de que la niña me salga con sus preguntas, aunque bien sabe que no se puede interrumpir a la abuela, le explico que los protestantes son unos señores que abandonaron a su Santidad porque su rey quería que le hiciera inválido un matrimonio, sin tener motivo mayor que su lascivia, esto es —no me salgas con preguntas— un mal comportamiento, y como nuestra religión tiene prohibido el divorcio, el Papa le dijo que no, que de por sí ya había abandonado a siete mujeres, matando a algunas, a otras haciéndolas prisioneras para desaparecerlas, y que se había hecho hasta ese momento de la vista gorda, pero que de ninguna manera le iba a disolver el matrimonio que lo ataba con la que era hermana del católico rey de España, hombre impecable, un verdadero santo, con el temor de Dios bien acomodado en su pecho.

"Pero estábamos con los ingleses de Paraíso, los mercaderes de todo, los buenos para vender y avaros para comprar que vinieron a enriquecerse, y de qué manera. Estos ingleses llegados a Paraíso eran seguidores de la religión inventada por el rey malandrín, y por lo tanto gente extraña de raras costumbres. Por supuesto que era recibida con amabilidad por los de Paraíso, porque, eso sí, lo que se dice amables, amables, siempre somos los tabasqueños, pero sin ninguna simpatía por sus necedades en lo que toca a su religión, si se le puede llamar así al atajo de creencias de los protestantes, y aquí me persigno, en el nombre del Padre, del Hijo y del Espíritu Santo, amén.

"Pues resulta que, no contentos con mercar mucho de esto, y más de aquello, con una habilidad verdaderamente impía, tanto que hicieron irse a la ruina a más de uno de los establecidos antes de su llegada, hechos al más viejo, más respetuoso y católico estilo (fue cuando mi abuelo perdió siete barcos, se acordarán, ya les conté esa historia), estaban decididos a volver protestantes a los habitantes de Paraíso. Yo me digo, ¿por qué no los dejaban en paz? Ya tenían lo que querían: dinero, barcos, poder (una de sus hijas estaba de novia con el gobernador de Veracruz). ¿Qué más deseaban? Pero no; duro y dale con hacerlos cambiar de fe, intentando convencerlos de que debían abandonar la protección del Papa y —todavía peor— la de la Virgen, porque ellos decían que la Virgen no lo era, y que no había que adorarla por este motivo. También estaban en contra de rezar a los santos; en nada creían, tenían el corazón de piedra.

"Así que los protestantes decidieron que ya se habían impacientado de convivir con gente que no era de sus mismas creencias, y tramaron cómo hacerlos cambiar de opinión. ¿Y qué creen que hicieron? Pues una noche de sábado, cuando había luna llena, para que todo se viera bien, porque en Paraíso no había suficientes lámparas —si es un pueblo de mierda, peor todavía que el nuestro, mucho peor, creo que sólo hay seis casas con balcones—, cuando los músicos del pueblo tocaban sones, rasgaban guitarras y arpas, y aporreaban panderos y tambores, hicieron bajar a todas las imágenes de la iglesia. Las llamaron, las hicieron desplazarse con el poder del mal. Las imágenes llegaron andando como si fueran personas, vírgenes y santos se congregaron en el centro de la plaza, abandonando momentáneamente su materia de estuco y madera y, dejando sobre sus maquilladas caritas las pestañas largas de artificio, habían cobrado carne y hueso, no sólo para andar como cualquiera, sino para menearse al ritmo de la música de Paraíso, bailando con descaro e incitando a los del pueblo a bailar con ellos, a lo que no pudieron resistirse, provocando las mujeres pestañudas y maquilladas a los hombres, aunque vistieran las ropas santísimas que el cura de su pueblo había bendecido tantas veces, si hasta dicen que el rosario que tiene colgando al pecho su Virgen de Monstserrat lo bendijo el Papa en persona, que por eso la imagen es milagrosa.

"Pero en lugar de conseguir lo que buscaban (porque los protestantes habían imaginado que de esta manera todos los de Paraíso sentirían repulsión y abandonarían cura e iglesia para sumarse a sus ceremonias sin santos en el cuchitril que habían levantado como templo, un largo galerón sin gracia alguna), en lugar de eso, a la mañana siguiente vieron sus casas apedreadas, su bodega incendiada y hubieron de abandonar Tabasco para siempre, porque habían manifestado su liga con el demonio, y Paraíso no podía aceptarlos más.

"Ésa fue la historia de los protestantes en Paraíso. También aprendieron los ingleses la lección, supieron que la gente de estas tierras, aparentemente desapegada a la religión, bien que sabe distinguir el bien del mal y es buena en esencia, y como lo que más les importaba a los ingleses era seguir con sus negocios y no tener obstáculos para enriquecerse, llegando al Puerto de Veracruz se hicieron todos bautizar en una ceremonia colectiva, y dejaron de ser protestantes para no provocar más enojos. Y sí, la hija de uno de ellos se casó con el hijo del que entonces era gobernador, que había sido por cierto un pretendiente de mamá, historia que no pasó a mayores porque resulta que mi abuelo, que tenía su carácter, lo encontró un día en el plantío de los Sarlat haciendo a una india una humillación tan tremenda que lo fue a acusar con su padre, pero para su asombro él le contestó 'si las perras fueron hechas para esto, qué me dice usté Ulloa, no veo qué le sorprende', así que mi abuelo le prohibió volver a recibir una vez más al muchacho, porque no quería emparentar con gente tan vil que..."

La abuela siguió con su cuento, mientras que yo quedé profundamente instalada en los brazos de Morfeo.

30. La pejelagartos

Entró con paso ligero y se plantó en la acera frente a la tienda de abarrotes, quitándose la canasta de la cabeza y depositándola en el piso. "Traaaigo peeeeje ahumaaaadooooo", cantó gritando la enorme hermosa vendedora, sus dos trenzas cayéndole sobre el pecho desnudo. "Peje goordo y buenoooo", aspirando las jotas, imponiendo la melodía de su pregón a la musical pronunciación de los descalzos de la costa.

Los pejelagartos rebasaban la canasta, cada peje asomando de ella la trompa, y de la trompa el palo que cruzara su cuerpo a todo lo largo y que en su otro extremo hacía pie firme al fondo de la canasta, porque las varas con que los habían sujetado, para abucanarlos haciéndolos girar sobre humeantes brasas de madera fresca, sobresalían también del extremo de la cola.

"Hoy no traje tamaaaaleeeees. Hoy llegóo el peje más bueno que hayan sus mercedes vistooooooo", seguía pregonando, el cuerpo inmóvil, la boca enorme abierta, repitiendo una y otra vez letra y melodía.

Doña Florinda Becerra, la de la tienda de abarrotes, había salido a la calle llevando en la mano su balanza de hilo, y dijo con voz recia:

—¿Cuáles tamales? Esta india no había venido a vendernos nunca.

El pregón continuó como si la tendera no hubiera hablado, y doña Socorro dio la vuelta hacia su trono escondido atrás del alto mostrador, alta otra vez tras los aparadores de vidrio, como si no hubiera pregón, pero los demás nos quedamos comentando. Concluimos: que recordáramos, esta india nunca antes nos había traído tamales a vender, ni algún otro artículo, aunque en el barullo del mercado pudiera ser que se nos hubiera escapado de la vista, y hoy, en cambio, como era día de entre semana, un martes cualquiera, la revisábamos de pe a pa. El sábado no nos daba tiempo de pasar el ojo por cada indio vendedor que entrara al pueblo, y ésta podía ser de las que se revolvían entre la multitud, invisible entre tanto barullo. Pero esta explicación era muy fácilmente rebatible. Nada más hubiera bastado preguntar a cualquiera de los hombres del pueblo que acostumbraba montar indias sin respetar su condición o voluntad, convencidos de que ellas no conocían ni el pudor (el pecho descubierto era la prueba irrebatible) ni la gana de decir que no, porque esta enorme y bella vendedora, dotada con dos tetas enormes, firmes y redondas, de torso bien torneado, vientre plano y firme, no se les podía haber escapado al ojo. Ahí estaban hoy, mirándola lascivamente, el viejo dueño de la tlapalería, don Epitacio de las Heras y los jóvenes con quienes mis amigas soñaban casarse entre otros más, saboreándosela mientras pensaban qué truco podrían tramar para, forzándola o engañándola, encamarla hoy mismo; el doctor Andrade soñando con que ella lo buscara para curarse, don Epitacio con que necesitara algo de su tienda, los muchachos con esperarla a las afueras del pueblo y jalarla a la orilla del río para tomarla en despoblado, validos de su número y su fuerza.

Empezamos a rondar de cerca su mercadería. Los pejes olían bien, los habían ahumado con troncos de frutales de oloroso perfume. Eran de un tamaño muy notable, y se les veía carnudos, frescos, recién hechos. Era el mejor pejelagarto ahumado del mundo. Los niños fueron enviados, primero uno, luego el otro, nunca dos a la vez, a preguntarle el precio de sus pejes. La india (perfumada con un baño de albahaca) era tan fresca de modo como al olfato, porque había tasado sus pejes en un precio insólito, el valor de diez quedaba según ella en uno, así que no había quien se le acercara a comprarle. Pero a cada momento que transcurría, sus pejes se veían más buenos y más atractivos. "Que nadie le compre —parecíamos haber decidido— hasta que les baje el precio". Pregonaba la vendedora con tal convencimiento que los mismos pejelagartos (recubiertos de duras escamas similares a la piel del cocodrilo, con delgadas trompas de coyotes, animales marinos con huellas de su anterior vida terrestre, señas de no ser mucho ni del agua ni de la tierra, tan parecidos a un pez como a una víbora o a un caimán), los mismos pejes ahumados parecían pelar los ojos para oírla. Pero aunque pareciera que pelaran los ojos, cada instante que pasaba se antojaban más, se veían más carnudos, se veían más ahumados, se veían más frescos, se nos antojaban más y más... La vendedora no se arrodilló ni un segundo frente a su mercancía.

De tanto en tanto, los niños —de vacaciones, porque corría el mes de diciembre— eran enviados a preguntar el precio del producto, y la necia no cejaba ni un centavo aunque pasó un largo rato y siguió pasando otro igualmente largo, y la india ni se arrodillaba ni dejaba de pregonar, y su mercadería no dejaba de parecernos el mejor peje del mundo, sino que cada vez se veía incluso más apetitoso, y si alguien empezó, alguien otro siguió porque una primera fue por su peje empalado en su vara de frutal, y la siguió una segunda y a ésta la tercera y así, hasta que cada mujer de razón del pueblo parecía llevar uno o varios pejes a su casa. Así que, aunque pasó largo rato antes de que nadie le comprara uno, llegó el momento, antes de que cayera la tarde, en que ninguna del pueblo dejó de caer en la seducción de sus pescados. Quedaba sólo un peje en su canasta, y ya el doctor Andrade enviaba a un niño a ofrecerle que si ella tenía alguna dolencia él estaría dispuesto a atenderla sin cobro en su consultorio ahora mismo, que él podría curarla de enfermedades de mujer, que él sabía cómo una podía no tener nunca hijos, y don Epitacio a su vez a alguno de sus muchachos a ofrecerle que, si le hacía falta llevar herramienta o un candado o una cadena para su pueblo, él le daría un precio especial, y los muchachos ya iban a llevarse el coche de uno de sus tíos para irla a atajar en el camino, cuando la india se calzó un extraño sombrero de ala ancha sobre la cabeza, que sacó quién sabe de dónde, si tiempo de sobra habíamos tenido para espiarla, y revisarla (aunque pudo haberlo traído enrollado en la cintura de su falda, si era de jipijapa, trenzado con tal finura que parecía de hilo de seda, se le podría hacer pasar por el centro de un anillo), y lanzó un largo, poderoso, prolongado silbido que se oyó por todo el pueblo y bajó hasta la orilla del río, encrespándole la superficie de sus aguas.

Su largo sonido despertó, desahumó y desensartó a sus pejes que salieron grotescamente volando, reptando, brincando hacia el río, y ahí, en el agua, con agilidad, se echaron a nadar como si jamás hubieran conocido la muerte y la hoguera, y como si, aunque marinos, fueran también peces de río. Clavada junto a su canasta, la vendedora agitó su sombrero, agachándose, casi rozando con el fino jipijapa el ras del suelo. En la arena sobre la que estaban apoyados sus desnudos pies, despertaron los rescoldos de una hoguera que nadie había encendido. Con su mano derecha, siguió agitando, con la izquierda soltó el amarre de su falda que al caer sobre los rescoldos atizó más el fuego, como si fuera de papel, y las llamas se alzaron y el olor de su cuerpo quemado ya empezaba a llegarnos a las narices, cuando la mujer se nos hizo humo, desapareciendo con el fuego y su canasta entre los aires. Sólo el sombrero quedó tirado sin que nadie se atreviera a acercársele.

—¡Era una bruja! —gritaron los niños, rompiendo el silencio. La palabra bruja levantó al sombrero en vuelo, que dirigiéndose hacia el río tomó el camino de los pejes. Apenas llegó al agua, comenzó a crecer hasta volverse una ligera barca bien armada, similar a cualquiera de los pesqueros del pueblo. Sobre él, la bruja apareció, riéndose, llena de dientes, ni siquiera des-

peinada, en ropa limpia reluciente, ahora ataviada con una brillante blusa de tafeta morada,
y se echó a remar río abajo sin que hubiera quien
quisiera darle alcance para reclamarle que nos
devolviera nuestro dinero. La bruja bribona se
nos fue, navegando sobre su sombrero, rodeada
de una mancha plateada formada por los pejes
recién vueltos a vivir, cuyas gordas escamas brillaban socarronamente, como si hicieran bajo
su lancha una cama de rodantes monedas.

Por teléfono avisamos a nuestros conocidos
río abajo de la bruja vendepejes, la que pregonaba los mejores pero falsos, avisándoles que
había tomado una barca hacia sus rumbos. A la
finca no pudimos enviar ninguna advertencia.
Pero no fue hacia allá, sólo practicaba su fraude
contra la gente de razón. Era una india respe-
tuosa de los suyos.

Presencié toda la historia que aquí cuento,
pero, apenas pasó, asumí que no creía en ella.
Mientras ocurría, no dejé que me fascinara, que
me impresionara, que me engatusara; no dejé
que su poder —que consistía en romper una tras
otra las leyes de la lógica (un peje asado y ensar-
tado no puede liberarse del humo, la estaca o la
muerte; el fuego no brota de la arena caliente;
los jipijapas no se convierten en pesqueros al
tocar el agua)— me afectara. No le tuve miedo,
ni dejé salir un "oh" ni un "ah" cuando bajó des-

lizándose armónica río abajo, ni dejé que mi corazón saltara al verla desaparecer en su hoguera instantánea, sin combustible. A pesar de que mis ojos vieron lo que fue cierto y que aquí cuento, no le tuve fe, y me hice a la idea de que no había ocurrido. Esa misma tarde, me declaré solidaria de la teoría del maestro: "Son puras tonterías, Delmira. Los blancos del Sureste tienen tanto miedo de que algún día se vengue contra ellos el indio, que inventan estos churros apenas alguno sabe cómo tomarles el pelo con cierta gracia, dotándolo con poderes mágicos, para que, por una parte, ningún otro indio lo imite, y por la otra represente o encarne el terror que les tiene, y que, mira, si algún día despierta el indio, se verá que no era pura loquera. No dejes que estas falsedades ocupen un centímetro de algún rincón de tu cerebro."

Bastó con que yo tomara la actitud de incrédula y que me dejara lavar el espacio de mis ideas con las del maestro, para que la máquina de maravilla que animaba uno de los corazones de mi pueblo se echara a andar con todos sus caballos de fuerza. En las mañanas, al salir de mi habitación, no había día en que no viera o a un caballo volando sobre el patio, o sobre el piso una turba de indias amamantando sabandijas a quienes la abuela tenía que espantar a palmadas, reclamando: "¡Viejas apestosas con sus bi-

226

chos! Éstas me perseguían cuando yo era niña, las vi tal como son, haciendo sus cochinadas inmundas miles de veces, no sé que les ha pasado que ahora que estoy vieja regresan a molestarnos, si ni existen, son pura visión", o al indio repartidor de oro columpiando frente a nuestros ojos, zarandeándola de la jareta, su bolsa color vino, "sólo dame el billete que tengas a la mano y yo te saco de aquí un arete, un diente, un collar, lo que te toque en suerte; un crucifijo de oro sólido, una medalla calada", o a los perros del coloquio hablando lengua cervantina, o al cocodrilo albino que nos trajeron del pantano de la finca y que apenas soltaron junto a la fuente del patio de la casa, como si fuera descomunal lagartija, dejó tras de sí su enorme cola y corrió por las calles del pueblo, provocando pánico con su rastro de sangre y sus fauces alternativamente abiertas o cerradas por infatigable mecanismo. En esos días, a mi paso, de cada flor salió un animalejo o el huevo de un pato, y cada insecto se convirtió en flor, mientras que las mujeres que bajaban a lavar al río temían cantar, porque una que otra vez las melodías se convertían en gusanos de aspecto y olor repulsivos que envenenaban la pesca durante días.

"Así son las cosas en este maldito pueblo", decía la abuela, mientras podaba en las macetas del patio los tallos reventados por la última aparición de bichos, con un tono que era entre ejemplo de resignación y confesión de divertimento, y no le cambió el ánimo ni porque una mañana despertó con la mitad del cuerpo convertido en el de una gallina, espantándose la conversión con pura fuerza de voluntad que evocó con gritos gordos y abundantes. Por esos mismos gritos todos los habitantes de la casa corrimos a verla y descubrimos la enojosa situación por la que atravesaba sobre su chal flotante y alborotado, y vimos de inmediato cómo se desaparecía su falsa mitad, sin dejar huella, reemplazada la cierta por la verdadera. Al abandonarla su mitad gallina, la abuela quedó hasta con los zapatos puestos, como si la situación la hubiera encontrado, no durmiendo y flotando, sino con los dos pies bien plantados sobre el piso.

—Abuelita —le pregunté, sinceramente conmovida y alarmada—, ¿te lastimaste?, ¿te dolió?, ¿te ayudo en algo?

—Qué abuelita ni qué ocho cuartos. Abuelita no sé quién es. A mí no me dirijas la palabra en diminutivo, na'más faltaba, como si yo fuera ya carne para hospicio.

¿Y de qué hospicio hablaba? De algún libro debió sacarlo, porque en Agustini no había hospicio posible, ni nada parecido. Los viejos vivían en sus casas, contando cada uno cuentos a sus familias, haciéndoles chocolate, dulces de almendra, siendo viejos desde antes de serlo y permaneciendo jóvenes y activos hasta el momento de entrar casi por propio pie a la tumba.

Se me escapó el "abuelita", pero, eso sí, me cuidé muy bien de no contar al maestro que la vi con la mitad del cuerpo de gallina. No volví a comentar con él tampoco nada de lo que pasaba todos los días en el pueblo. Él no mencionó ni una palabra. Aunque lo visitaba muy a menudo, no me dijo nada. Aprovechando las vacaciones, leía ávidamente, encerrado en su casa y pudiera ser que no se enterara, pero lo dudo. Su tía iba y venía del mercado a diario y debía estar al tanto de todo lo que pasaba y se decía en Agustini. A menos que ella, como yo, considerara que era mejor no tenerlo al corriente de tanto prodigio.

31. La máquina de maravillas

El pueblo se había vaciado ya de las niñas de mi edad, pero había recibido en cambio a las que dos o tres años antes lo habían dejado para irse a "estudiar" (vaya que estaba mal utilizada aquí esa palabra). Llegaban llenas de nuevos vestidos, nuevas costumbres de nuevo tipo de fiestas, y arrastraban a sus novios, fueran de donde fueran (pero todos de lugares cercanos, dueños de tierras vecinas con que al casarse sellaban alianzas de poder, económicas y mercantiles), a asistir a las celebraciones con que se avisaban una y otra vez sus matrimonios. Después venían las bodas, y tras ellas el pueblo regresaba a la normalidad de las fiestas decembrinas y el festejo del año nuevo, como pasaba cada dos o tres.

En las fiestas se maldecían por todo motivo nuestras tierras y se soñaba en voz alta volverlas como las ajenas, o como imaginábamos eran las distantes y menos inclementes. Para combatir el calor, tramaban dotar a las construcciones de aire acondicionado, para ahuyentar a tanto bicho, limpiar la tierra de la vegetación selvática "que no sirve para nada", o por lo menos hacer una franca limpia alrededor del pueblo, "que le dé bonito aspecto, le sembramos unos pastos", y para evitar la humedad insoportable, Pedro Camargo, sobrino del doctor, ingeniero de caminos, soñaba con quitarle al pueblo "la desgracia de este río apestoso, que no sirve para nada", y proponía entubar el brazo del Grijalva, que con el nombre de Río Seco cruzaba nuestro pueblo, o verdaderamente secarlo dinamitando su paso por La Garganta del Coletero, barranco profundo que nos quedaba como a treinta kilómetros al sur, donde el agua caía decenas de metros rugiendo y los ojos podían ver uno de los paisajes más hermosos de la tierra. Pero no era él quien tenía mayor imaginación. El Pelón de la Fuente hablaba del petróleo. Explicaba cómo nos traería a todos, en unos cinco años cuando mucho, la mayor de las riquezas. Y todos los demás ignoraban su charla, considerándola una estupidez completa, una manía más de ese raro que no enviaba a sus hijos a escuelas particulares y que, como si fuera un forastero, no detestaba ni siquiera un poco la puerca selva. Además, andaba metido con los petroleros en la sospechosa historia del sindicato y diciendo cosas poco convenientes o francamente escandalosas, mientras que, siempre unos pasos alejado de él, como una malévola sombra, el director de policía del pueblo murmuraba en su contra, argumentando que era comunista y revoltoso, que algún día alguien tendría que darle su merecido porque no traía a Agustini más que problemas. Una de esas noches, Amalia, tía del Pelón, dueña de la finca cacaotera más grande de la región, conocida por la cantidad de negros que tenía trabajando con ella y que habían sido de su familia desde tiempos inmemoriales ("los indios de estas tierras no sirven para nada, yo no sé cómo ustedes los usan, nomás pierden dinero y tiempo, háganse de unos negros como yo, ése es el secreto de los De la Fuente", decía siempre, y la abuela le contestaba sin excepción: "pues serás muy rica tú, y serán mucho más todos los de tu familia, pero si trabajan con negros seguro que se las pasan con tapones en las narices, cómo aguantan trabajar con tantos apestosos, que además suenan sus tambores por las noches mientras menean el trasero despertando a alushes y a demonios"), le contestó:

—Bueno, y tú, ¿qué tanto con el Pelón? A ti qué te importa, Lucho Aguilar, qué más te da si nos trae problemas si ni eres de aquí, eres de Ciudad del Carmen; vete a saber por qué hasta acá te acomodaron tus familiares. A ti no te dará nunca problemas, ni a ninguno de tus tarugos policías, porque mi sobrino es incapaz de robarse ni un grano de cacao u oliscar coños ajenos. Es el hombre más decente que ha parido este pinche pueblo. No anda de cama en cama como otros que conozco, ni rateando las naranjas del patio ajeno, ni usando el papel para ensuciarlo con algo más que la propia cola.

El pobre Lucho Aguilar no le contestó nada, tal vez porque no entendió que Amalia se refería a él. Lucho no tenía mujer, y era inimaginable en Agustini que un varón permanecería soltero sin ponerse a cortejar a las jovencitas o sin agarrar a las ajenas, pero como no se le conocía cortejo, la gente se hacía lenguas de con quién era con la que él se estaría apareando. Como no era del pueblo, no tenía casa propia, ni pariente con el cual vivir, y Amalia, que no desaprovechaba la oportunidad de hacer negocio, le rentaba una habitación al fondo del patio de su casa, por el que siempre pasaba pizcando aquí y allá una naranja, mientras se comía los mocos sin importarle que lo vieran. Además, garrapateaba versos en papeles que no le enseñaba a nadie, aunque de nada le hubiera servido hacerlo, porque decían eran ilegibles. Tenía la carita redonda, como sus otros hermanos, el tupido cabello rizado y negro, una naricilla de payaso en el centro de la cara, y una sonrisa entre pícara y tristona, que cuando se le aparecía, lo volvía todavía más desconcertante: era Lucho o un inmenso imbécil, o un calificado astuto calculador, cabeza fría, tramando quién sabe qué acciones que nadie podría imaginar y que más valía no temer.

Aunque era raro que en nuestras fiestas hombres y mujeres se enfrascaran en una larga charla, estos intercambios rápidos, las más de las veces picantes y agresivos, eran en cambio parte del estilo nuestro. Cuando los hombres se veían sin mujeres, discutían sobre dinero, y de cómo hacer negocios. Las mujeres se concretaban a hablar de ropa, peinados, los muebles que se compraban para sus casas, los defectos sin fin de los perezosos indios, culpables de todos los males de la patria, y de cuánto les gustaría dejar la región para asentarse en una ciudad como Dios manda, en la que no se metieran víboras a las cazuelas ni ocuparan la plaza brujas o apariciones al menor pretexto.

A cada fiesta la acordalaba un buen número de sirvientes, sin contar los que guisaban, levantaban los platos, vasos y ceniceros sucios, llenaban las copas, recogían a la entrada los sombreros, los echarpes, las bolsas, las gabardinas y estacionaban los automóviles para que los invitados pudieran bajarse exactamente frente a la puerta, sin llenarse de lodo los zapatos de charol o raso. La valla de sirvientes únicamente vigilaba que ninguna anomalía se colara hacia la celebración;

no había amenaza desde adentro de las casas, porque en las fiestas y las bodas el agua jamás se volvía vino, el orden de las cosas se implantaba con la entrada de los forasteros, los que venían a casarse con nuestros muchachos o muchachas y sus amigos y familias, los que vivían río arriba, río abajo, o tenían sus fincas en la sierra. Si se hubiera aparecido el ejército de indias amamantando sabandijas que de niña atribulara a mi abuela y que ahora había decidido visitarnos cada tercer día, el cordel lo habría echado afuera. Si una bruja hermosa y encuerada hubiera pretendido pasar sobre el patio de los festejados, el cordel la espantaría. Si una nube de naranjas hubiera decidido columpiarse flotando bajo, precisamente por ese lugar, la detendría con redes para cazar insectos. Si una víbora de aire hubiera llegado a pasar por ahí, descomunal, volando, también la habría echado afuera, agitando frente a ella una tea encendida. En las fiestas no estaba permitida la entrada de la maravilla, no era considerada chic, no era *comme il faut*, había que conservar el aire de elegancia exótico con que venían envueltos nuestros jóvenes recién llegados de otros lugares, bebiendo refrescos industriales que se vendían previamente embotellados en frascos de vidrio, usando ropas de los Estados Unidos, fumando cigarrillos envueltos en hoja de papel por una máquina muy diferente a los muslos y las palmas que hacían puros en la tabaquería cercana del gachupín don Emilio, mientras una voz les leía una y otra vez *Anna Karenina* o *La guerra y la paz*, cambiado el menú de sus lecturas desde que el viejo don Emilio había decidido hacía cuatro décadas que "ni una sola vez más se leerá en mi fábrica a *Don Quijote* ni tampoco el *Buscón*, les llenaría de tontería las cabezas de esos negros revoltosos, ya ven lo que ha pasado en España de tanto leerlos".

Como me había quedado en el pueblo de salero, mientras todas mis pares se habían ido a Puebla, a Mérida, a Villahermosa, a México o a Suiza (las nietas del rico mueblero inmóvil habían ido a dar a un internado en la frontera francesa, de donde volverían en un año), y ya era yo una linda joven, me invitaban a sus convites. Me resistía, pero la abuela literalmente me arrojaba a ellos.

No era yo el único elemento forzado por las fiestas: como las criaturas y los hechos desorbitados eran echados por la fuerza, yo era obligada a ir por la necedad de mi familia, que a pesar de verme, según mi abuela, "hundida en este pueblo de mierda", atascada ahí por su debilidad al haber hecho caso al cura y al maestro, no quería dejarme caer de la buena sociedad. Yo no sé qué hacía allá adentro que no fuera esquivar la mano puerca del papá de Marilín que siempre andaba buscando mis nalgas para pellizcármelas cuando nadie se diera cuenta, alentado por la moda que yo usaba pionera en el pueblo (como aquí contaré), y por las habladurías que se habían desatado en torno a mi persona desde que ocurrió el incidente de la panadería, y que se habían extendido más en el momento en que la abuela y mamá habían cedido a las presiones del cura para que yo cursara una secundaria normal, de ciudadano, y no la apropiada para una joven casadera. En cambio, entiendo que permitir la entrada de la maravilla no era necesario para que la fiesta armonizara con los excesos naturales de la región. Para esto bastaba en una boda con las estolas de pieles que llevaban al hombro las señoras, con los diamantes y los rubíes de sus collares, con los trajes de noche que costaban cientos y cientos de dólares y que los indios espiaban desde la oscuridad sin conseguir comprender de qué metales extraños tejían las telas de los vestidos de lamé o los de gasa, las gargantillas adornadas con apliques metálicos, sin imaginar ni un momento que ellos habían trabajado y ahorrado de sus propios sueldos para que los limpios de la región se dieran esos lujazos.

Las novias recorrían la distancia de la iglesia a la casa de la fiesta en un ostentoso Cadillac que no sé quién hizo venir para eso al pueblo, y todo era competir en derroches, en guisos, en orquestas, en bailes y en vestidos. Los centros de mesa eran adornados con flores de papel o de plástico, con frutas verdaderas y floraciones provocadas en invernaderos, y las orquídeas provenientes de lo más hondo de la selva, dotadas de un perfume oscuro y arisco, salían a pasear para adornar el pecho de las princesas, con un verso, una perla, una pluma y hojas extrañas que traían de rincones umbríos, suspirando por no haber tenido un destino más afín a su origen recóndito y a su hedor, pariente del aspecto de las pitayas y del perfume de la madera podrida.

De todo esto, yo obtuve una relación que terminó por serme sumamente provechosa: la de la señora que traía ropa de Estados Unidos, la charlatana fayuquera norteña, quien con ritmo vertiginoso viajaba por toda la República llevando las mercancías de distintos signos que le exigía la diversidad de su clientela. Las otras muchachas procuraban vestidos rosas y sacos cursis de señoras provincianas y reaccionarias que no se atrevían a más que a botones dorados, pero yo le encargué (respaldada por la cartera de Gustavo, abierta sin límites para la sobrina), que me surtiera de la última moda, y por primera vez entró al pueblo la minifalda y el cinturón de gorda hebilla a la cadera, las medias de rayas que armonizaban con la entallada blusa que les hacía juego, el vestido de papel con dibujo psicodélico, empacado en una bolsita con su mismo diseño, los pantalones de colores chillantes y agrios que terminaban como un tubo en las espinillas. Para una de las bodas, mientras mis compañeras que salieron del internado de Puebla para asistir a la fiesta usaron largos vestidos vaporosos, con las pecheras llenas de falsas piedras preciosas o broches adornando el nacimiento de una larga y suntuosa cola (pajarracas exóticas aunque sin pieles), yo me hice traer un vestido de tela plisada, agarrado a una gargantilla delgada y plateada, sin hombros —lo que de por sí hubiera armado suficiente escándalo—, cinco centímetros arriba de la rodilla —doble escándalo—, y unos zapatos plateados de hebilla descomunal y tacón ancho que causaron tanto impacto como el resto del atuendo. Me peiné con una cola de caballo lo más alta posible, y omití el crepé y los tubos, aunque bien que me armé de spray que nos dejó mi cabello —a Dulce y a mí, porque ella me peinaba mientras yo le iba dando indicaciones— completamente rígido, como el de las muñecas.

La abuela se quejaba de mi apariencia. "¡Qué visiones!", decía una que otra vez, "¡qué visionuda salió esta niña, de quién lo habrá sacado!".

—Déjate tú esos colorinches que lastiman el ojo, como pan de indios, mamá. Lo que no debieras permitirle —le decía mamá— es que ande con todas las piernas de fuera. ¡Qué dirán de ella los hombres del pueblo! ¡Ni quién quiera casarse con una que muestra todos los muslos, como si fuera no sé qué tipo de mujer, una que no se ha visto jamás por aquí, porque en Agustini hasta las mujerucas visten con mayor recato!

Pero la abuela no la escuchaba. Horrorizada del aspecto de mis vestidos, quedaba por completo insensible a lo que le habría sido insoportable: el largo de las faldas. Digamos que se había quedado ciega de mi cadera para abajo, y sorda a los reclamos de mamá, a los que en general era tan extremadamente sensible.

No pasó mucho tiempo antes de que mamá encontrara cómo detener mi arrojo en la moda. Cuando terminó la temporada de bodas, a la hora en que la abuela iba a empezar su historia del día, mamá le presentó la última cuenta de la fayuquera, para convencer a mi abuela de que no podía dejar que Gustavo gastara tamaño dineral en esas visiones vergonzosas. La abuela escuchó su argumentación, donde mamá tuvo el tino de no incluir mis muslos desnudos, y asintió. Me cerraron la llave del gasto con esta conversación. Esgrimí el argumento de que ése era dinero de Gustavo, de que él me había dicho que podía gastar en ropas lo que fuera, pero la abuela me contestó rotunda: "¡En esta casa man-

241

do yo!". Tenía toda la razón: ella decía qué sí y qué no en la casa.

Como la siguiente semana comenzarían las clases, la vendedora ya tenía para mi siguiente compra un sinnúmero de fatuidades que me había traído para ir a la secundaria vestida a la última moda americana. "Nada de eso", dijo la abuela. Tenía permiso para un solo juego "discreto", "no en colorinches", "sin indecencias" (ésta fue mamá), uno solo únicamente. "Cómprate algo que puedas combinar con lo que ya tienes, algo que no llame demasiado la atención. Mira, por ejemplo —se explayó la abuela, en lugar de proceder al cuento diario— tú te pones una falda beige, y puedes usarla o con una blusa café o con tu blusa color arena de seda, la que te trajo Gustavo. También podrías comprarte..." Dulce se dio cuenta de que esta oda a la discreción en el vestir reemplazaría el cuento nocturno, y comenzó a peinarla. Yo procuré pensar en otras cosas mientras hablaba, hasta quedarme dormida.

A la mañana siguiente me compré el par de jeans que me ofreció la arrojada fayuquera y una camisa blanca de manga larga, "como de caballero", dijo con franco disgusto la abuela, pero a sus demás mercancías le tuve que decir que no. Ya encontraría en la ciudad de México a quién vendérselas, "no te preocupes, están de moda, de inmediato les encuentro clienta", me dijo, cuando vio mi cara de preocupación, al decirle que no podía comprarle todo aquello que yo le había encargado. Tenía pensado pedirle a Gustavo una corbata prestada, de las que colgaban en el ropero, apenas hablara por teléfono o pasara a verlo, y con esto mi atuendo iba a quedar divertida y escandalosamente moderno. Sabía que mi adorado tío era, y con gusto, cómplice de todas mis locuras, porque él conocía mi espíritu, porque tenía completamente entendido que yo no sería capaz de ninguna maldad. Entonces yo era un ángel —lo digo sin fatuidad—, y lo único que deseaba era encontrar el camino más corto para hacer bajar el bien y los bienes a la tierra.

32. Escuela, petróleo y sueños

Al siguiente sábado me enfilé al mercado con una idea. Ahora yo me iba a vestir con ropas indias. Blusas bordadas, faldas de enredo, morral al hombro para cargar mis útiles escolares y huaraches de suela de llanta, con un rebozo por adorno en lugar de un echarpe europeo. En la mañana de mi primer día de clases, a la abuela no le dio un paro cardiaco del horror porque no me vio salir. Llevaba mis jeans, y una camisa de las indias del Istmo que encontré en el mercado, bordada sobre tafeta con mil colores, que el vendedor me acercó burlándose de mí, diciéndome que si a poco yo iba a comprársela, que él la traía porque se la había encargado una marchantita india, que yo para qué la quería, y no pudo, ni quiso, ocultar la risa de burla cuando pagué por ella. También me puse mis huaraches nuevos y me hice un par de trenzas. El maestro me sonrió desde el escritorio. Trabajamos toda la mañana en la escuela como jamás lo habíamos hecho con las monjitas. Aunque yo fuera con ellas la alumna más brillante, aunque aquí los tres grupos tuvieran un solo profesor, a mí me costaba trabajo seguirles el ritmo, acostumbrada a papalotear las mañanas enteras. Aquí sí se hacían cuentas, sí se estudiaba historia, sí se leía en el salón, en voz alta, y había de hacerse un resumen, sin faltas de ortografía, y contestar a un examen de comprensión. De historia de México y del mundo, la verdad es que yo sabía mucho menos que el resto del salón. ¿Cuándo había caído Constantinopla, cuándo Jerusalén había caído en poder de los bárbaros, cuándo había sido aceptado el cristianismo en el imperio romano? Éstas eran unas de las muy pocas preguntas que yo podía contestar. Las hermanitas tenían marcados los puntos claves de la historia de la Iglesia y a ella reducían la del mundo. Según ellas no había ni otras religiones, ni otras culturas, ni otras latitudes (incluyendo la nuestra). Aunque yo vivía a escasos tres kilómetros de las únicas pirámides de ladrillo que se erigieron en Mesoamérica, aunque nuestro territorio había sido cabeza de los grandes artistas olmecas y paso de tránsito cercano a los mayas, por las hermanitas jamás oí nombrar ni a olmecas ni a mayas. Supe que Maximiliano había existido, porque lo veían con cierta simpatía. Supe también de Porfirio Díaz y de Iturbide por lo mismo. Pero el nombre de Benito Juárez (del que tanto se hablaba en la nueva escuela) no había aparecido ni por un momento bajo su tutela; no se habló de él siquiera de refilón, ni tampoco existía el para ellas dudoso cura Hidalgo, factor de nuestra independencia, ni Morelos ni Guerrero, ni Villa, ni hubo jamás una Revolución Francesa. El mundo se reducía a la historia de la Iglesia Católica, una para colmo pasada por muchos baños de azúcar y cedazos de inquisidores que lo eran sin saberlo, afinados con el cencerro de su ignorancia y con la piedra dura de su tontería. En la secundaria oí por primera vez el nombre de Hitler y el de Lutero en algún sensato contexto, porque las monjas los citaban unidos como a enemigos capitulares de todo lo bueno, junto con Zapata. Ni siquiera aprendí en la primaria quién de los tres había vivido antes.

Los alumnos eran en su mayoría mestizos, había incluso un par de indios venidos a diario desde las fincas. Lo que no había era lo que mi abuela llamaría "gente de bien". Ni una sola hija de los decentes del pueblo estaba ahí, y de los varones sólo el hijo del Pelón de la Fuente, pero éste era ya un caso perdido, un descastado, y no era considerado enteramente de los nuestros, aunque seguía yendo a las fiestas y ocupaba en la iglesia la banca que su familia había comprado. Compartía yo ahora el pupitre con los que en los domingos en la noche se quedaban sentados sin girar alrededor del kiosco de la Alameda, con los que oían misa de pie hasta atrás de la nave de la iglesia, o iban a la de ocho, con los que nunca antes había tenido trato. A la hora del recreo averigüé un montón de cosas de los que se me acercaron. Algunos tenían sueños como yo. Otros habían sido picados por el nuevo mal que yo no había alcanzado a percibir en todo su esplendor. Había llegado a la región la fiebre del oro negro. Para esto, me explicaron, era verdad que se estaban limpiando largas porciones de selva. Sólo los más aferrados al pasado eran los que lo hacían para poner las cabezas de ganado, los que estaban haciendo traer vacas jorobadas que resistían el calor y que eran casi inmunes a las fiebres del trópico. Los más avezados ya habían olido dónde estaba la verdadera y exuberante riqueza. Era verdad que el petróleo pertenecía al Estado, y que no podía ser propiedad de ninguno. Pero era cierto que su riqueza era tan profusa que no sólo sacaría al país de sus miserias, sino que también llenaría los bolsillos de los constructores de pozos, de los técnicos y los mercaderes. Era la salvación para México. No lo había oído decir antes. Aunque fuera verdad lo de la riqueza, un motivo poderoso alejaba al tema de los de mi clase. Los que yo acababa de conocer hablaban de México, y a los míos México les tenía muy sin cuida-

248

do. El hijo del Pelón de la Fuente, al que llamábamos "el Peloncito", hablaba del Sindicato de Petróleos y del Socialismo. Ahí mismo me enteré de que su papá había ido varias veces a Cuba, y supe entonces qué demontres pasaba en Cuba, porque nunca había ni siquiera oído hablar de la Revolución. No solamente eso: caí en la cuenta de que en el planisferio que había en la escuela de las hermanitas Cuba había sido borrada. Si antes las familias adineradas de nuestra región habían comprado vestidos y pescado maridos en La Habana, ahora se había optado por quitar a la isla del globo, dada la incomodidad de su proyecto social. En casa del Peloncito, en una pared de su cuarto, tenía enmarcada la foto de su papá con Fidel Castro.

El Peloncito tocaba a diario la guitarra. Al salir de clases se instalaba con ella en el patio, bajo la canasta de basquetbol y se ponía a entonar cantos latinoamericanos que yo no conocía y que todos coreaban, "a parir, madres latinas, a parir un guerrillero", "dale tu mano al indio, dale que te hará bien". Por puro instinto, al usar mi blusa y mis jeans, había llegado ataviada de la manera más atinada para ser parte del clan. De pronto, me veía en el centro de una agradable familia, tenía con quiénes hablar de preocupaciones y temas comunes, y había lo que en mi casa nunca había tenido: un papá en la persona del maestro, un papá generoso y joven, lleno de vigor y de labia, que estaba dispuesto a convertirnos a todos en héroes salvadores del mundo, y que, para colmo de dicha, tenía tocadiscos, periódicos, revistas, y sabía todo lo que pasaba en el mundo. No pude haber entrado con mejor guía a los sueños de los sesenta.

33. Mapamundi

Apenas tuve en mi cabeza un mapamundi armado más o menos a la ligera, representando al globo con los lugares en el sitio que les corresponde —y que no hacía el par perfecto de la versión vaticanoagustinina que las hermanitas habían interpretado (o comprendido) como la única realidad posible—, empecé a tender hilos de un punto del planeta al otro, emulando a la araña.

Algunos se reventaron apenas los tendí. Me esforcé en un Copenhague-Villahermosa, no sé bien por qué, me imagino que para hacer un puente entre aquello que fantaseé al leer en mi infancia y la realidad que vivía a diario, tan distante de la patria de la sirenita y Andersen. Pero antes de que yo pudiera estar completamente segura de su existencia, se me tronchó, tal vez por no invocar a Karen Blixen, quien sospecho habría aprobado gustosa la liga que hacía una adolescente en babia entre la región selvática, patria de flamingos y cocodrilos, y su frío país apacible. Si yo hubiera echado mano del amparo de ángel de Isak Dinesen, la liga habría permanecido, como los cables del teléfono que llegaban a Agustini, cargados de nidos de pájaros, bromelias y lianas, vueltos vegetales desde los postes, infestados de verde vida. Pero no lo hice. El primer hilo que eché se destempló y se vino abajo con los primeros cambios de clima. Entonces como su príncipe Hamlet, puse los ojos en la recuperación de mi desaparecido padre, borrado por las mujeres de casa tal como fue Claudio por Gertrudis.

Para ese entonces, ya había sacado información de mi generoso maestro: papá vivía en Londres, enseñaba en la universidad, era muy amigo de Gustavo, habían estudiado juntos en Italia, de donde era mi papá, pero él había dejado su país, mientras que mi tío había regresado a la capital. Papá había roto con mamá casi comenzando su relación. La abuela lo detestaba, sobre todo porque no sabía ni qué pensar de él, "es muy distinto a todos los de Agustini, sólo tú te le pareces". Él tampoco se había vuelto a casar. Tendí un hilo de Londres a Agustini —vaya nombre absurdo el de mi pueblo, no sé si bautizado así para subrayar que él no había sido jamás fundación india, como sí el vecino Comalcalco, o Cunduacán, Huimanguillo, Tenosique, Macuspana, Nacajuca, Tacotalpa— y lo fui bordando firme para que no se distendiera, para que resistiera el tránsito, el fluir de mi pensamiento de un lado al otro.

Después del descubrimiento de Kafka, que le debo también a mi maestro, tendí otro hilo de mi pueblo a Praga. Cambié de opinión, abandoné Londres y a Praga y a su terrible castillo, a sus hermosos puentes y callejuelas era a donde yo quería ir. Tensé el hilo que había tirado tentativamente, y resistió. Seguí apretándolo, deseando irme allá a como diera lugar, e hice sueños (todos ellos absurdos) y los fui ensamblando con paciencia que tal vez aprendí de las bordadoras hermanitas, porque de algún lado debí tomar ejemplo. Praga tenía varios atributos para llamarme la atención. No sólo su excelso ejemplar de fauna literaria, ni la belleza que le había visto retratada en las enciclopedias de Gustavo, y que parecía ser mucha, sino que también estaba atrás de la cortina de hierro, pertenecía a un mundo con otro orden, ajeno a lo conocido, un mundo socialista y más, comunista, donde todos habrían aprendido —yo me decía— a ser iguales, donde se había fundado una nueva moral, radicalmente distinta a la de Agustini. Recuerdo el asombro que me causó encontrar en el salón de belleza, un día que fui a despuntarme el cabello, una revista *Selecciones* que hablaba sobre el muro de Berlín, en la que se reseñaban los cientos de casos de alemanes de aquel lado que arriesgaban la vida para entrar al Berlín capitalista. ¿No era vil y absurda propaganda yanqui? ¿Una mentira más del capitalismo? Leí con atención el reportaje, repasé una y otra vez los testimonios, consulté por último con el maestro si eso era verdad. "¿Pues en qué estarán pensando?", me pregunté. "¿Están locos, o qué?" Porque entonces yo habría arriesgado mi vida para irme de aquel lado, a Praga. Por el momento me bastaba y me sobraba como lugar el cordel tensado entre aquella ciudad y mi pueblo.

Pronto regresé al cordel de Londres. Apenas volví a visitarlo con la imaginación, lo etiqueté como *el lugar*, ahí estaban los Rolling Stones, papá, Twiggy, y en mi fantástico y apresurado ordenamiento de las cosas se mezclaban además Joseph Conrad —el urbano de *The Secret Agent*—, con Sherlock Holmes, Dickens, Carnaby Street, los Beatles y Wilkie Collins, todo sin orden ni concierto, como si la belleza de Londres radicara en que en el todo era posible, pero todo aquello que fuera coherente y que al ocurrir enriqueciera la realidad con una dimensión profunda y con una nobleza de fórmula, no como las cosas de Agustini, hechas posibles por la naturaleza del pueblo aunque fueran en mayor o menor medida imposibles, pero insensatas y arbitrarias, sin explicar ni un ápice, el misterio de la vida y de la muerte, inmóviles aunque no se posaran nunca, aunque no se fincaran, aunque no arraigaran, tensamente inamovibles, dolientemente inflexibles, rasposamente idénticas a sí mismas. Podría la gente volar, los pájaros venirse al piso, pero no se podía cambiar ni un ápice el orden social: yo seguiría siendo una Ulloa pasara lo que pasara; Dulce sería siempre nana; el meón, el meón.

Bien acomodado el hilo que uniera a mi pueblo con la ciudad inglesa, sentía yo que Londres sí era tierra factible, una tierra promisoria donde estaban las cosas con sentido y los nidos para que las fantasías pudieran volverse ciertas. Londres se me hacía la tierra del mañana; ahí los jóvenes destruiríamos el orden de lo establecido y fundaríamos una tierra de igualdad y sueños. Las más eran fantasías borrosas, poco afinadas. Lo único que me iba realmente quedando claro al paso de los días era que yo debía dejar Agustini. Mis horas se habían acabado aquí. Mi reloj debía comenzar su otro sitio si yo misma no quería terminarme. Yo y mis minifaldas, mis aspiraciones de un mundo más justo y mis ensoñaciones no verbales teníamos que irnos a acunar a otro lugar nuestras fantasías.

Por otra parte, caía como lo han hecho todos aquellos que descubren al mundo más extenso de lo que un día previeron, quería hollar con mis propios pies lo recién descubierto, y de ese modo hacerlo mío. No resistía la tentación de saber tan ancho y largo al planeta sin participar de alguna manera en su gigante dimensión, sin entrarle al banquete de sus distancias y proporciones, el apetito bien abierto para devorar a diestra y siniestra, como un buen explorador-conquistador, reproduciendo un comportamiento no sé cuán ancestral.

Pero más intensa que mis deseos de viaje y que mis sueños de un mundo mejor, comenzó a comerme el pecho una fantasía de otra índole: quería ser escritora. Era —me dije a mí misma— una artista, era radicalmente distinta a todas las de mi clase, y —para este entonces también me había convencido de esto— tampoco me parecía a los muchachos de la escuela secundaria. La terminaba ya este año (los tres grados de estudios regulares podían hacerse dos cuando se compartía un aula común), acababa mis estudios con muy buenas notas, y debía irme a estudiar, según tramaban Gustavo y el maestro, a un buen bachillerato en la ciudad de México, para después ingresar a la universidad. No estaba dispuesta a eso. Debía cruzar el océano, irme a otras latitudes. Acababa de descubrir que el mundo era redondo, que Agustini no era el centro del universo y debía aprovechar este conocimiento, debía salirme de ahí, debía viajar, ver otros confines. Viviría cantidad de aventuras en la India, Nueva Zelanda, Londres, Sri Lanka, Praga y Sudáfrica. Después me sentaría a escribir. Ya sabía incluso, y con toda claridad, lo que yo iba a escribir. Mi ópera magna era una novela extensa donde los personajes mostraban sus diferencias sólo por su manera de caminar. No había historia, no había anécdota, no interactuaban, no se gestaba algún nudo narrativo. Los personajes caminaban en la página, y por hacerlo de una cierta manera mostraban el alma. Mi libro iba a ser (ahora lo entiendo) como el herbolario del alemán. Él dibujaba cada una de las hojas y las flores de sus plantas queridas, como yo quería trazar con palabras cada gesto, cada movimiento del paso de mis personajes que, por cierto, serían cientos, miles, casi todos los que habitaban Agustini estaban condenados a aparecer en sus páginas, más los que yo imaginaba, ya trotando o arrastrando los pies, ya balanceándose apaciblemente, ya azotando los talones en cada paso, o con los brazos al ritmo, o llevando el propio, o meneando la cadera, o fijos y rígidos del cuello a los talones y más allá. Las primeras líneas eran: "Si reptas, caminas. Si vuelas, caminas. Si saltas, caminas. Eres hombre o mujer y caminas. Eres niño y caminas. Eres el perro de otros y caminas, el verdugo de aquéllos y caminas. Camina, que yo pintaré tu andar."

Empecé a acumular anotaciones en libretas, en trozos de papel y en mi cabeza. Sabía que nadie había hecho eso nunca, y me veía entrar gloriosamente al Parnaso con un texto sin precedente, sin medir no sólo el aburrimiento a que condenaría a algún posible lector, sino el que yo también padecería de enfrascarme durante años, como pensaba hacerlo, en un proyecto tan estéril, pretensioso y falto de toda cordura.

Como se ve, mis fantasías no tenían ni pies ni cabeza. Tanto sacaba la mecedora al frente de la casa (como hacían las viejas para conversar en lo que caía la tarde) para ver desde ella a la gente pasar y anotar este modo o aquél de caminar (todos, es verdad, caminamos distinto), como pasaba la tarde con el maestro, hablando de la Revolución y del nuevo orden que los jóvenes queríamos fundar, oyendo al Peloncito rasgando la guitarra, entonando con él canciones.

1967:
34. Mataron al Pelón

Una de esas tardes, un piquete de chismosas del pueblo llegó a avisarnos que habían matado al Pelón de la Fuente. En la carretera, con un coche habían empujado al que él conducía, echándolo fuera del camino, después de lo cual lo habían rematado con dos balazos, para que a nadie le cupiera duda de que la muerte no había sido un accidente. Mientras las viejas chismosas hablaban, el Peloncito seguía rasgando las cuerdas de la guitarra, requinteando la melodía de *Juegos prohibidos*. De pronto cayó en la cuenta. Aunque la barrera que construían sus dedos musicales había hecho lo suyo para que nadie lo tocara, oyó, escuchó. Y cuando ellas repetían los detalles por tercera o cuarta vez, enloquecido aventó la guitarra, gritando "¡No es verdad! ¡No es verdad!", mientras el maestro le ponía con firmeza una mano en el hombro y le decía "Peloncito, es cierto, ten valor, es cierto", pero conforme le hablaba el maestro, el Peloncito gritaba más fuerte, desgañitándose, sin soltar una lágrima.

La tía del maestro salió de la cocina, donde nos preparaba los invariables sándwiches, con los ojos anegados de lágrimas. El paquete de chismosas seguía adentro de la sala, la puerta a la calle continuaba abierta, y afuera se habían arremolinado los vecinos, los que venían siguiendo a las chismosas, y los que iban o venían del mercado, asomando la cabeza y hasta parte del cuerpo a la sala, para ver estallar el dolor del Peloncito.

—¿Qué nadie tiene corazón en este pueblo? —dijo la tía con su tipluda y sonora voz de maestra—. Señoras, estas noticias no se dan así. Con permiso —agregó, tomando a una del codo y conduciéndola hacia la puerta, las demás siguiéndola de cerca—. ¿Pues qué no ven que aquí está su hijo? ¡Qué les costaba tener un poco más de tacto para decírselo! ¡Verdaderamente...! Vayan a rezar por su descanso a la iglesia, y permitan a los deudos soportar de la mejor manera su inmenso dolor. ¡Fuera de aquí, qué desconsideración...!

Tras ellas, que enmudecieron, cerró la puerta. El Peloncito no había dejado de gritar sus "¡No es posible!", de pie y temblando. El maestro seguía tomándolo de un hombro.

—¿Tú tampoco tienes sentimientos? —arengó al sobrino, retirándole la mano del hombro del muchacho, cambiando su sorpresa por el enojo—. Ven acá, Peloncito, mi niñito, ven y llora conmigo.

Lo abrazó firmemente. El delgado Peloncito se había vuelto un alfeñique, desmoronándose en sus brazos. Lo jaló al sillón y lo sentó sobre ella. Él comenzó a llorar, abrazándola al cuello, mientras que la tía le acariciaba la cabeza y la espalda, llorando a su vez, la cara del Peloncito oculta en el pecho de su maestra de primaria.

—Mi Peloncito —decía ella—, cómo le fueron a hacer esos miserables esto a mi Peloncito.

El muchacho se arqueó, casi convulsionado, emitiendo un aullido intermitente que intercalaba con "¡papá!", "¡papá!", cayó y quedó como desvanecido en el regazo de la maestra, un brazo cayendo del sillón, la mano rozando el piso de cemento. Cualquiera podría creer, al ver la escena, que el muerto era éste, el Peloncito. El cuerpo que la maestra detenía con sus brazos parecía el de un ser sin vida.

Cuando entró el cura, ellos parecían la imagen de la Piedad y nosotros las plañideras, ahogados en llanto. Excepto el maestro. De su cara no salía una lágrima. El cura se hincó frente a la Piedad, diciendo en voz alta palabras de consuelo, y comenzó a rezar el *Padrenuestro*, al que todos (menos el maestro) nos unimos. Los que se habían arremolinado afuera de la casa, uniéndose a los primeros curiosos y al piquete de chismosas que había cargado la mala nueva, nos escucharon y se sumaron al rezo. "Hágase tu voluntad", dijimos, cuando intempestivamente el maestro salió de la casa, cruzando la pequeña multitud de rezantes, dejando abierta la puerta de metal de par en par. Las chismosas y su cortejo, los niños, los vecinos, los indios, los que iban o venían del mercado se habían hincado en la calle, y lloraban con el rezo que repetimos tres veces de un hilo.

—Peloncito —le dijo el cura—, debemos ir con tu mamá. Te necesita. Tienes que ser fuerte. Ahora tú eres el hombre de la casa. Ven conmigo, vamos...

La Piedad quedó sentada, el regazo enorme vacío, el Cristo caminó entre las plañideras y la multitud que sobrecogida a su paso no alzaba la cabeza, rezando otra vez el *Padrenuestro*. Los amigos del Peloncito salimos tras ellos, a buscar al maestro. Estaba sentado en los portales tramando algo frente a su vaso de agua.

35. La mosca

Frente al vacilante vaso de agua que le habían servido para serenarlo, y que habían dejado en la mesa, flotante, incapaz de plantarle el fondo de vidrio sobre la madera, el maestro caviló: "¿Mataron al Pelón de la Fuente? Es ocioso pensar quién lo asesinó, porque todos sabemos quiénes querían deshacerse de él, los mismos que intentaron sobornarlo, los que le ofrecieron en una ocasión una casa en Acapulco, los que le trajeron a la puerta un Mercedes-Benz, los que todas las navidades le enviaban las canastas que conocía de sobra el pueblo, porque nunca querían recibirlas del mensajero que venía en coche desde Tampico:

—Lej manda ejto el ingeniero.

—Pues dígale que muchas gracias, pero que en esta casa no se aceptan regalos porque al señor no le gusta recibirlos.

—Ej que a mí me dijeron que je loj deje a como dé lugar, y yo no me voy a regresar con ejto, quédejelo, no jea ujte ají.

—No podemos recibirlo. ¿Quiere un vaso de refresco de guanábana?

El mensajero aceptaba el refresco, y terminaba por dejar la canasta en la Alameda central, de donde alguien sacaba una lata de quién sabe qué hediondeces importadas, otro se llevaba una botella de champagne, otro una de vino español, aquél las peladillas, esotro los turrones y las frutas secas, el cognac, las nueces de Castilla, tomando el botín los comerciantes y profesionistas, la gente de bien, porque no había indio que se atreviera a tocarlo, ni gente no demasiado conocida y respetada, no fuera a ser que los acusaran de hurto, pero quién iba a decir algo al intachable doctor Camargo, a don Epitacio de las Heras, honor sólido como de cadenas y candados, a la establecida reputación de Florinda Becerra, vendedora de jamón, jabón y jarrón, dura como una moneda de veinte pesos, y a los prósperos dueños de las enormes fincas, los más establecidos en la ciudad de México, que venían en estas fechas a visitar a las mamás y a los leales hermanos menores que cuidaban con celo o con uñas las propiedades... Menos la última Navidad. Porque informado el ingeniero de que sus canastas eran saqueadas de modo para él inútil por los de por sí sus incondicionales, mismos que tenían el descaro de informarle y hasta darle las gracias ("estupendo champagne", "a ver qué día pasa por Agustini y le convido una copa del cognac que tuvo a bien regalarnos"), había enviado a uno de sus pistoleros que a punta de cañón había obligado a la mamá del Peloncito a aceptar la canasta, esta vez más grande y surtida que las anteriores, con una pierna entera de jamón serrano, tres latas grandes de foie gras, varias botellas de vino, tres de champagne, dos de cognac, latas de almejas, turrones, chocolates...

Frente a su vaso de agua, el maestro estalló adentro de sí. Lo había mordido Ira. Caído por ella, el maestro se revolcaba, como una víbora herida, se arqueaba; por su columna viajaba una punzante aguja de cuerpo picante y picoteante, y las piernas y los brazos se le meneaban a su paso. Ira le regaba cucharadas de aceite hirviendo en la piel, se las vaciaba en la boca y le hacía tragarlas, y le daban arcadas, y vivía un suplicio mientras miraba su vacilante vaso de agua, las dos manos juntas bajo la barbilla, la cabeza apoyada en ellas, los codos sobre la mesa, él sí firmemente, imponiendo la ley de su humanidad sobre las ebrias cosas de Agustini. Tratando de escapar del tormento que Ira le infligía, el maestro tragaba el agua fresca del vaso, y lo volvía a dejar bailando sobre la mesa.

Ya nada sería igual. El Pelón había muerto, y a él lo había chupado la bruja al tocar el piso, nadie podía ni quería recogerlo. Estaba maldito. El aire puro que antes había habitado lleno de alas, con el que había abanicado, refrescándolos, a sus alumnos, era ahora arena y cenizas. La explosión de Ira infestaba como el vómito del volcán la tierra. La lengua del profesor parecía llenarse de asperezas, hiriéndose a sí mismo el paladar, envenenando su saliva.

Una mosca gorda, negra y enorme, un moscorrón de dos centímetros de oscuridad zumbante, como las de las caballerizas, cayó en el vaso del profesor. Ira mordió una vez más al maestro, diciéndose "¿Me tiran moscas a mí? ¡No saben con quién están tratando!". La mosca, empecinada, clavó la cabeza en el agua y se fue hasta el fondo. A través del vidrio y del agua, se veía incluso más inmensa, duplicado su volumen.

Mientras al maestro le comía Ira desde los pantalones hasta el último botón de la camisa, pasando por los testículos, las tripas y el corazón, el cura había llevado al Peloncito con su mamá, los había dejado a solas, había corrido a la iglesia y ahora hacía soltar las campanas a duelo. Pero por más que las campanas sonaran, el maestro e Ira seguían unidos en su enojo recíproco, e Ira mordía más y el aire era a cada instante menos aire. Hasta que el maestro saltó, soltó sus dos manos, tiró la silla hacia atrás y exclamó:

—¡A trabajar!

Esto decía cuando lo encontramos sus alumnos. Se dio cuenta de que estábamos junto a él, y con una expresión extraña y una chispa colorada en su mirar, nos dijo:

—Tenemos que ponernos ahora mismo a trabajar. Vengan, vamos a la escuela. Este sábado haremos una manifestación; tenemos que avisarle a todo el mundo. Nunca ha visto Agustini algo igual, sí que la vamos a armar, esto va a ser una pachanga como no se ha visto aquí, ya verán...

No paraba de hablar, quién sabe qué más que sólo él se entendía. Convertía nuestro asombro y pesar en otra materia que algo tenía de jubilosa, como un mercader de falsedades que nos cambiara gato por liebre para nuestro alivio.

—Si esta desgracia ya ocurrió —seguía—, no vamos a dejar que sea de balde. En este mismo instante vamos a sostener... esto va a saberse hasta en el último rincón del mundo, se va a saber por qué murió el Pelón, cuál era su lucha. Si hubieran matado a otro, él habría hecho lo mismo. Vamos a comenzar llamando a los suyos, después convocamos a los nuestros... Espérenme en la escuela. Voy a decirle al cura. —Nos paramos en seco al oír su orden. No podíamos sostenernos sin él. Éramos los polluelos de su Ira, pero aún no entendíamos qué se esperaba de nosotros—. Está bien, no me miren así, vengan conmigo.

La casa del cura estaba cerrada. Fuimos a buscarlo a la iglesia. La nave estaba vacía, en la sacristía uno de sus más fieles monaguillos, un niño de escasos seis años, negro como la noche y pobre como buen agustinino, a quien el cura daba a diario de comer a cambio de que viniera a barrer sobre lo barrido, a ordenar las velas que llegaban en cajas de cartón acomodándolas en otras cajas de cartón, a doblar el limpio trapo de sacudir de las hermanitas y a contar las de a quinto que caían en las cajas de limosnas, y que separaban de las demás monedas, esperando se acumularan, para que valieran la pena.

—¿Dónde está el padre Lima? —le preguntó el maestro.

—Anda onde laj campanaj.

Entramos a la torre del campanario. Despojado de su negra sotana, sudado de arriba a abajo, abrazaba con las piernas en ajustados pantalones de tubo el cordel con el que hacía tocar las campanas, columpiándose mientras lloraba. Como aquel día terrible en que lo descubrí y me eché la culpa de que retozara con mamá, no traía puestos sus lentes y tenía el rostro verdaderamente descompuesto, pero en ese momento no pensé en la similitud. Las campanas retumbaban ensordeciéndonos, y el cura medio desnudo no abría los ojos para vernos. Los dejé llamándolo y subí corriendo por las escaleras de caracol, acercándome más al ruido de las campanas, hasta que llegué al campanario. Me acerqué al barandal. Sobre él descansaban los lentes del cura. Allá abajo, Agustini se veía de cuerpo entero, y a todo su alrededor la selva que parecía desear comérselo. Sin quererme decir que el cura me había recordado la nefasta escena de la hamaca, sin ponerlo en la luz verbal y visual de la memoria, me concentraba en repasar mi pueblo. Ahí estaba la Alameda, cubierta con las copas de los árboles, el mercado, la escuela oficial, la de las monjas al lado del convento, el jardín de las hermanitas, la casa del cura, la nuestra (nunca había medido lo cercanas que estaban), más allá la construcción en ruinas de lo que había sido el hospital de leprosos, la carretera, y si se ponía mucha atención se alcanzaba a ver la rueda de la fortuna devorada casi por el follaje, en las afueras, hacia el sur, uno de los sueños muertos del tío Gustavo. Me puse los lentes del cura. Tras ellos todo se veía más cercano, más pequeño, casi me cabía en el puño.

Chacho me tocó la espalda, llamándome, y me hizo señas para que bajara. Lo seguí, caminando con cierta inseguridad por la visión que me daban los lentes del cura. Al pie de la escalera, Carlos, otro de la secundaria, tocaba las campanas. Seguí a Chacho hasta la sacristía. El cura y el maestro discutían. El padre Lima había vuelto a su negra sotana. Me quité los lentes y se los di. Rápidamente me pusieron al tanto.

—Las campanas no van a dejar de repicar, estamos organizando quién toca de qué hora a cuál; apúntate en la lista, y estamos haciendo comisiones para todo lo demás.

36. El cuerpo del Pelón

Cuando el cuerpo del Pelón llegó a Agustini, las campanas seguían doblando. Llegó a la velación rodeado de un numeroso cortejo. El pueblo entero, llamado por las campanas, estaba rodeando con un cuerpo de solidaridad a la familia. Todos cargaban ramos de flores.

El cura lo recibió en la casa, le dio la bendición, y se quedó en la habitación mientras lo amortajaban. Del bolsillo de la camisa sacó la pequeña libreta de teléfonos que el Pelón traía siempre consigo, algunas páginas manchadas de sangre, las más limpias, protegidas por el plástico de sus dos tapas. Al salir, se cruzó con el ataúd que venía entrando y tuvo que brincar una valla de flores que la gente había ido colocando a la entrada de la casa de los De la Fuente. Sugirió que dejaran abierto el paso, lo que fue una muy buena idea, porque a partir de ese momento apilaron una flor sobre otra hasta dejar la fachada de la casa completamente invisible, escondida tras la muralla levantada, protegiendo con flores el dolor de la familia.

El pueblo entero desfiló para dejar a la entrada su ladrillo de flores, despedirse del Pelón y dar el pésame a los deudos, la mamá del Pelón, que había venido desde Villahermosa, sus dos hermanos recién llegados de Ciudad del Carmen, el Peloncito y su mamá. Desde ese momento, el maestro y el cura demostraron una eficacia organizativa de primer orden. Mientras las campanas no dejaban de sonar, el cura se pegó al teléfono a hacer llamadas para informar de la muerte del Pelón y para invitar al entierro, a la ceremonia fúnebre, la religiosa y la civil que le seguiría, y llamó a Villahermosa, a la capital, a Tampico, avisó a la agenda completa del Pelón, marcando un número de teléfono tras el otro e identificándose en todas las llamadas. No guardó el debido respeto a la viuda, porque le informó de lo que estaba haciendo y les pidió a ella y al hijo los números que le hacían falta. Ella tuvo el aplomo de recordar más nombres a los que debía convocar, y le recomendó al cura llamar por teléfono también a la prensa. En esos días, para hablar de larga distancia no se podía marcar el número directamente. La chica de la caseta se estaba volviendo loca, porque trabajaba en un local muy pequeño y no podía encender el abanico si estaba conectando llamadas, el ruido se le metía a la línea. Ya en la nochecita, el cura se presentó en la caseta, cerca de la hora de cerrar.

—Vengo a pedirle que trabaje para el Pelón unas horas extras.

La chica tenía un aspecto fatal. Llevaba horas encerrada, bajo el ventilador de enormes aspas apagado para conectar llamadas, asándose en la pequeña habitación. Hoy no había podido hacer ni una línea de crochet, mientras que lo habitual era tejer bajo la frescura del abanico más que usar los dedos para conectar llamadas.

—Claro que sí, padrecito, lo que usted me diga.

—Pero antes va a venir conmigo a comerse algo, mire qué cara tiene.

La llevó a los portales, se sentó con ella, le ordenó algo de beber y de comer, y pidió que le regalaran dos de los abanicos de cartón con que se hacían publicidad en los años nuevos. Eran ovalados, de cartón algo duro, de un lado escrito el nombre, *"Refresquería y heladería La Celestina, el mejor lugar de Agustini, encuéntrelo en los portales oriente, a un costado de la iglesia, también puede usted hacer llamadas telefónicas desde aquí* (lo que ya no era cierto) *y comprar el número ganador de la lotería"*; y del otro tenía impresa la imagen de un esquimal acariciando a un oso blanco, en una aurora boreal, rodeados de hielo, con un tono rojizo que no tenía razón alguna de ser.

Servía para abanicarse porque tenía pegado, del lado del nombre del negocio, un aplanado palito de madera, un poco más grande que el de las paletas.

Regresaron a la caseta del teléfono y ahí se quedaron todavía un par de horas haciendo llamadas, hasta que anocheció, abanicándose con *La Celestina* para refrescarse un poco. Al terminar, el cura le dio una extraña bendición a la que fuera su leal colaboradora:

—Vivirás mil años, tendrás muchos hijos, y serás muy feliz por tu generosidad. Con esto te premiará el Altísimo.

No le prometió un buen sitio en el cielo ni un alma pura, sólo triunfos terrenales que él creía se había ganado al soportar el calor y al insistir tesonudamente en conseguir las llamadas, peleando con sus colegas de otras casetas, o con las defectuosas líneas. La telefonista le agradeció su bendición, le sonó a miel sobre hojuelas. Era una muchacha delgadita vestida con un traje cortado por su mamá. No tenía papá, y muy difícilmente podría conseguir marido. Era feíta, se peinaba ridículamente, usaba zapatos de charol como de niña. Sonrió con la idea generosa del cura, y se llevó bien puesta la sonrisa a su casa.

Por su parte, el maestro mandó pedir prestados nueve caballos, nos dividió a sus alumnos en tres grupos para ir a informar donde no había teléfono, y para pedir que corrieran la voz. Desde el incidente de la hamaca no había vuelto a recorrer las rancherías cercanas, y nunca antes lo había hecho a caballo. El trayecto fue hermosísimo; las garzas se levantaban a nuestro paso, pasamos por el borde del lago donde anidan los flamingos, el ancho río de bajo caudal infestado de lagartos, cabalgando a paso lento en el resbaloso lodo, rodeados por la exuberante vegetación, llenándonos de piquetes de mil bichos, y dimos el recado en tres sitios. De ahí ellos se encargarían de dispersarlo: el maestro y el cura los invitaban a venir el domingo, porque habían asesinado a su amigo, un buen hombre que buscaba el bienestar para todos, la justicia, salarios y trabajos mejores, y al que por eso habían matado sus enemigos. Así dábamos el recado, quién sabe cómo lo transmitieron para que el domingo tuviéramos en Agustini una multitud de indios que jamás había visto el pueblo.

37. Hospitalidad

El único hotel de Agustini se llenó desde la noche del sábado, y muchas casas abrieron sus puertas para rentar o prestar un cuarto, dos camas o alguna hamaca a la gente que había viajado demasiadas horas, que había llegado el día anterior, y a los que no podían volver el mismo día del entierro.

Amalia había acomodado a veinte visitantes, y a veinte les cobraba por tenderse en malos colchones o hamacas podridas, sin darles ni un vasito de agua gratis, sacándoles monedas por el café, el desayuno, el baño y hasta el uso de la toalla.

Pero el patio de la casa no se abrió a ningún visitante. Ni siquiera quiso la abuela recibir a unos conocidos, amigos del eterno pretendiente de mamá a los que encontré buscando alojo frente a los portales, y que llevé a la abuela. Con una expresión más dura que la de costumbre, y sin que mamá diera la cara, la abuela les dijo:

—Lo siento mucho señores, pero este honesto hogar no puede recibirlos.

Nada, ni una palabra más, ni les ofreció un refresco, faltando a la más elemental cortesía agustinina.

La abuela habló sola todo el día. Alegaba por el asunto del Pelón:

—Yo se lo dije, no sé cómo no atendió, y se lo dijo Amalia, se lo advertimos de un modo y de otro. Con esas personas no se juega. La pena de Irlanda —se refería a la mamá del Pelón—, quién se la va a quitar. Y deja solo al hijo... ¿De qué van a vivir, además? No tienen ni dónde caerse muertos. Hubiera aceptado una sola de las casas que le ofrecían, con eso habría bastado para que no lo mataran y para que no muriera pobre como chinche. No entiendo cómo hay gente que siempre tiene que estar peleando de todo; lo dejan luego a uno con la pena... Cómo lo fueron a matar, si hace apenas dos minutos lo veía yo pasar jugando, le daba por seguir un aro con un palo, iba para arriba y para abajo de Agustini con el aro corriendo adelante de él, me acuerdo perfecto, es como si fuera ayer, como si hoy mismo por la mañana pasara por aquí ese muchacho. Si olía que yo estaba moliendo cacao, dejaba su aro apoyado en la fuente del patio, y se venía a sentar junto a mí para que le diera alguna probada del chocolate fresco y blando. Me acuerdo de él niño, como si fuera ayer. Cómo nos fue a hacer esto, qué le habría costado aceptar siquiera una casita, por todos sus seres queridos, por los que lo vimos crecer y lo estimábamos...

38. Vuelve el vendedor de echarpes

El gran día me levanté al amanecer, a la misma hora que Dulce y que la abuela.

—¿Qué te picó? —me dijo Dulce, mirándome con sorpresa.

—Es que ya me tengo que ir. Ya me voy, corriendito, péiname de volada.

—¿No desayunas?

—Nada, tengo prisa.

—Pues te aguantas la prisa —desde afuera de mi cuarto dijo la abuela—, en este honesto hogar se desayuna.

Así que desayuné, y tras el chocolate y la tortilla de hueva de lisa, salí corriendo. El pueblo estaba lleno de gente. Era domingo, los indios venían a misa, pero ahora no desaparecían en los corredores del mercado, estaban presentes en las calles del pueblo, caminaban por las banquetas, con la cara mirando al frente, y con ellos había un montón de gente venida de toda la región y de toda la costa del Golfo. Desde Tampico hasta Progreso estaban representados.

Nuestro aislado pueblo se había vuelto Babel. Las calles estaban atestadas de coches y de gente.

Todo el mundo llegó a la manifestación. Vinieron del sindicato, vinieron los indios que seguían al cura y al maestro, vinieron los estudiantes de la Universidad Benito Juárez de Villahermosa, vinieron muchachos de la UNAM y de Chapingo vinieron muchos más de los que cabían en Agustini. Incluso él, que no había vuelto al pueblo desde aquel día en que me regaló el número de teléfono que, según dijo, podría algún día sacarme del pueblo, incluso él estaba aquí hoy con nosotros. Parecía que nadie había resistido el imán de este día.

Antes de que yo lo viera, entre el puesto de cazuelas de cobre y el de cucharas, me gritó "¡Delmira!, linda Delmira", y corrí hacia él. Sonriendo y hablando sin parar volvió a levantar sobre el aire su tienda de colores, y la cerró por completo antes de comenzar la explicación que yo no le pedí:

"Tu papá, Delmira, nació al sur de Italia, en el mar Mediterráneo, en una isla habitada por pastores pacíficos, gente buena, tranquila, más dada al ocio que a la guerra, fundada por antepasados de muy otra naturaleza, un grupo de piratas que en tiempos de la gloria de los griegos atacaba los barcos de Ulises, de Agamenón o de Héctor. En esa isla, el célebre pirata Boca de Fuego encabezó la fundación, después del saqueo de la Medina de Hammamet y del Palacio del Reción Salón, en la rica, aunque ya en decadencia, Cartago. Antes habían desvalijado dos villas de Persia. Con los frutos hicieron su pequeña armada a la que bautizaron (siglos antes de la otra que se llamó así) *La invencible*, porque lo era.

"Doce en número de apóstoles fueron los hombres que fundaron su defensa en esta isla acantilada, cuyas pocas construcciones dan la impresión de la armonía más honda que pueda percibir el hombre. Porque los de Boca de Fuego tomaron la mítica e infranqueable ciudad de Orán, donde nace el río Nilo, para robarle a sus más hábiles constructores. Orán estaba habitada solamente por sabios pacíficos, pero había sido trazada con astucia y laboriosidad como una ciudad inasaltable. Nuestros piratas se valieron de los trucos más infames para tomarla, entrando disfrazados de una cuadrilla de cómicos venidos del norte, entonando canciones de la Toscana y danzando incongruos, fascinando con su belleza extrema a las mujeres y sacando risas de los niños. Ya adentro, blandieron sus armas, los hicieron confesar quiénes eran los más hábiles en el arte de la construcción, pidieron también las señas de los artesanos, y cargaron con tres sabios y veinticinco albañiles. Ellos tallaron en la isla de tu padre sobre los acantilados blancos una célebre muralla que nadie se atrevería a intentar franquear. Su aspecto era monstruoso, y le daba un aire de cosa viva con el que se aterrorizaban sus enemigos. Bastaba sólo con verla para decidir que lo prudente era dar media vuelta y girar la ruta hacia atrás; con esos muros no era necesario responder a los ataques. Los tres sabios de Omán hicieron construir también un abasto de agua, para que los piratas pudieran resistir el sitio y el asedio durante meses. Adentro vivían los únicos doce que conocían sus secretos, porque los esclavos constructores y las tres sabias cabezas habían sido para este entonces ya pasados a cuchillo. Dicen, que uno a uno fueron decapitados sobre lo más alto de la muralla, para teñir con su sangre el borde de ésta, dándole un aspecto incluso más siniestro. Por otra parte, con el hedor de la sangre humana los piratas de Boca de Fuego alejaron a los antiguos habitantes de la isla, patos y pájaros solamente, que paraban aquí en su viaje anual hacia el sur. Ellos eran ahora los únicos dueños de este rincón de la tierra. Los sabios deben de haber comprendido que su sangre podía ser el fin de los piratas, porque al espantar a las aves perdían su fuente de abasto natural de alimento en caso de asedio. Encerrados, quedaban inaccesibles los peces. Pudo también haber ocurrido que las tres sabias cabezas de los ingenieros de Omán hubieran sentido al morir un enorme alivio. Pudo pasar que ansiaran la muerte, sabiendo que remontar el Nilo era una fantasía imposible. Pudo pasar que de tan sabios conocieran la puerta que se abría a Omán desde los territorios de la muerte. Todo pudo pasar.

"Nada del natural sangriento queda en la rutina diaria de los habitantes pacíficos y sedentarios de la isla. Se desdice la ley de la lógica del comportamiento, que hace heredar de padre, madre, tíos o abuelos gran parte de los hábitos y la voluntad, tal vez por la constante impresión de la sabiduría constructora de los hombres de Omán. Queda un solo resabio de su origen de piratas en su vida pastoril. Los habitantes, aunque son sólo pastores, tienen para cada familia una pequeña barca que usan para practicar lo que guardan sus costumbres de sus tiempos de piratas. En el verano, en las noches de luna llena, abordan con torpeza sus embarcaciones y se dirigen hacia el horizonte. Al llegar a mar abierto, entonan cantos destemplados e inarmónicos, danzando en sus ritmos alocados, como hacían sus ancestros para espantar a los enemigos antes del abordaje. Después, pacíficamente, bañados en sudor de tanto grito y tanto baile, regresan a la costa, y sienten alivio y paz al verse en tierra firme.

"Tienen la costumbre de atar sus lanchas a la tierra, a unas vigas puestas expresamente para quedar afianzadas en las rocas de sus acantilados, además de anclarlas con total firmeza. Ellos no sacan sus lanchas del agua, como la gente de tu tierra, que las empina a los costados del río para dejarlas de tiempo en tiempo secas. Éstas viven mojadas, metidas en el agua del mar. Tiene su razón de ser. Nadie sabe desde cuándo esta isla —sedienta de sangre, leal a sus primeros fundadores, agradecida de haber sido escogida por ellos y de que le hubieran traído a los mejores ingenieros de su tiempo para ennoblecerla y embellecerla— de tiempo en tiempo pierde peso, pidiendo su cuota de sangre. Porque una vez al año, al final del seco verano, la arena acaramelada y ríspida que bordea todas las orillas de la isla exige su tributo. La arena color sangre seca y podrida reclama para el peso de la áspera, rugosa isla, su cuota de sangre anual. Los pastores se apresuran a sacrificar las manadas de chivos y cabras simulando una fiesta, cuando en verdad celebran la expulsión de su miedo. Desecan la carne de sus animales (que después trafican en trozos salados acomodándolos en canastas, ofreciéndose en tierra firme como 'carne de burro', donde goza prestigio, y con razón, de exquisita), pero antes dejan correr su sangre por los canaletos delgados que bajan por la anfractuosa isla hacia sus playas y su arena, su mar. Una vez al año, la isla queda rodeada de su espeso aro de sangre que al paso de los meses se va disolviendo muy lentamente.

"Conforme esto ocurre, la isla va perdiendo peso. Si hay un retardo en el día de la matanza (cosa que ha ocurrido por motivos diversos, entre otros por el constante natural relajado de sus habitantes), la isla se levanta por completo del mar, se eleva, y se iría volando por los aires si no fuera porque las lanchas de sus habitantes la sostienen con sus cordeles, impidiéndole despegarse de la tierra. Entonces la isla vive suspensa sobre la costra marina, casi suelta. Las lanchas la sostienen, pero no firmemente y sólo el tiempo necesario para que los pastores maten la cantidad suficiente de cabras y corderos que hacen falta para calmar la sed y con ella el ansia de volar de ese trozo de tierra, leal a sus sangrientos fundadores."

El vendedor detuvo su narración. Hasta este momento había hablado sin parar un minuto, pero aquí se detuvo, tomó aire:

—Te he contado dónde nació. Tú tendrás que buscarlo para averiguar dónde conoció a tu mamá, cómo se enamoró de ella. O pregunta a Gustavo. Pregúntale si quieres. Pero me parece que ya estás en edad de encontrarlo. Ya eres una mujer, Delmira. Aquí deben de estar buscándote marido. Escapa a tiempo. Ve con tu papá, yo te lo encuentro.

—Tú me diste un número para llamarle no lo he perdido.

—¿Y bien?

Apenas dijo "¿y bien?", comenzó a recoger la tienda, una mascada tras la otra, un chal y el siguiente, hasta dejarnos otra vez en el barullo del mercado. No me volvió a hablar, pero no dejó de sonreírme. Yo no le dije nada tampoco. Escapar... Me encantaba la idea. ¿Por qué no escapar? Yo también sentía, atizada la sangre por las evocaciones con que él le había hablado, que me había llegado la hora de dejar mis tierras, de cruzar el océano, de buscar mi otra verdad, en nada parecida a la fábula que el vendedor había procurado venderme. Yo no quería aventuras. Había vivido ya las suficientes. Entendía que el vendedor me había contado la suya no porque fuera verdad, sino por tenderme un lazo, por hacer entre los dos alguna liga, y porque en mi pueblo nadie podía evitar fabular su propia historia. Todos sentíamos allá, por el clima, tal vez, por la proximidad de la selva o por razones ignotas, la necesidad de contarnos cosas. Por mi parte, quería ahora ver cómo era el mundo donde la razón y las leyes de la física obligaban a un orden riguroso e inevitable, donde fabular no era una necesidad sino un oficio de pocos, abocados a examinar con pausa el rigor de los afectos y del mundo.

39. La manifestación

No supe cuánto tiempo me había entretenido el vendedor de echarpes. Corrí a la secundaria. Ya estaban terminando de imprimir el panfleto que había redactado el maestro. Yo traía bajo el brazo unas notas que había garrapateado por la noche.

—Oiga, maestro, es que traigo esto, oye... —No me hacía caso. —¿Puedo picar yo un esténsil? Escribí esto.

—Ya no da tiempo de nada, Delmira.

—Yo solita lo imprimo, te lo prometo.

—Hazlo —me dijo el maestro, tal vez para no discutir más conmigo.

Me dejaron a solas, cuando todavía no terminaba de picar el esténsil, haciéndome un poco bolas con el procedimiento; imprimí la cantidad que pude hasta que me dio hambre. Había hecho cientos de copias de mi panfleto, al final del cual había escrito una firma: "Delmira, la de Agustini". Mi primera publicación (y única hasta el día de hoy) fue este texto ilegible, con el que cometí el pecado imperdonable de usar sin saberlo el nombre de la gran poeta uruguaya. Tal vez por ese crimen mi posibilidad de escritora se saló. Tal vez por más motivos, porque yo era fatua, presumida y tenía inflado de soberbia hasta el más estrecho rincón del alma; porque tenía prisa, porque quería ver mundo, porque quería comerme los continentes de un bocado y deglutir de un sorbo al océano con sus peces, y porque mientras soñaba en escribir un libro sin acción, excesivamente largo y pausado, también albergaba sobadas ideas revolucionarias que oía yo de tercera mano, y que me habían inspirado para escribir estos tres párrafos con los que salé mi futuro literario, y creo que también el curso de mi vida.

Apenas puse un pie afuera de casa del maestro, comencé a repartir a diestra y siniestra mi papelito. Oí a los jaraneros cantar las coplas que habían improvisado:

Ya mataron al Pelón,
nos lo quisieron quitar,
con dos balas y un rozón,
pero ni fue, ni podrán.

Ay, Pelón, Pelón, pobres,
creen que te pueden llevar.
Diles que tu caja es cofre,
que no te sabrán matar.

Ay, Pelón, Pelón, Pelón,
estás mejor aquí que allá,
baila el son suave en la sombra
que el sol quema horrible acá.

Pídele un regalo al Pelón.
Pídele un helado al Pelón.
Pídele buen sueldo al Pelón.
Pídele justicia al Pelón.

Me quedé junto a ellos, repartiendo papeles, escuchándolos, y al rato me solté a cantar con ellos, como el resto de la gente. Cuando hicimos una pausa, se me acercó un joven, vestido de traje blanco y zapatos cafés, con un sombrero de paja, su atuendo desentonaba por completo con los demás manifestantes. Junto a él venía un fotógrafo, y los dos estaban visiblemente acalorados y cansados.

—¿Y tú, qué repartes?

—Una cosa sobre la muerte del Pelón.

—A ver, dámela —y agregó en otro tono—: estás bien bonita.

Le sonreí dándole una de las hojas. Del montón cogió otra, mientras el fotógrafo tomaba la imagen de los músicos. Los perdí de inmediato de vista. Había tanta gente que era aguja en el pajar dar con alguien. Cuando por fin me reuní con mis amigos, ya no quedaba ni una copia de mi volante.

La manifestación duró toda la tarde. Dábamos la vuelta a la Alameda del pueblo, girando hombres y mujeres hacia el mismo lado, pero éramos tantos que no cabíamos, la cola y el final de los manifestantes nos pisábamos, así que el maestro, quien nos comandaba, simplemente nos detuvo. Las calles aledañas estuvieron al poco rato llenas también. Invadimos el parque. Allí donde la orquesta dominguera solía tocar, el maestro y otro muchacho del sindicato subieron a arengarnos. La gente los coreaba, gritaba consignas y cantaba. Una emoción extraordinaria y pura nos recorría. ¡Nada que ver con las horas de misa, con la pasiva recepción inmóvil de las palabras del cura! ¿Qué estaría pensando él? ¿Qué sentiría al ver esa emoción corriendo por los pechos de sus habitualmente inconmovibles feligreses, muchos de los cuales habían sido convocados en nombre de su fidelidad? ¿Ahora qué argumentaría cuando alguien le preguntara por la capacidad de fe de su gente? Lo habíamos oído decir: "Aquí nadie cree en nada. Si uno tiene hambre, alza la mano y corta un plátano, si tiene sed se agacha a beber, si le apetece otra cosa mete la mano al río y saca un pescadote, lo asa con el calor del día y se lo lleva a la boca. ¿Quién conoce aquí el temor de Dios? Esta gente no cree siquiera que haya un creador, todo les parece tan fácil, tan hecho. No conocen la preocupación ni tienen adentro un sensor que les indique si algo está bien o está mal, con cualquier pretexto asesinan a machetazos, pero con la misma facilidad olvidan el origen del enojo, como si no hubiera pasado nada. Una vida vale lo que una distracción..."

40. Reprensión

Como la noche de ese domingo llegué tarde a casa, tuve que tocar el portón para que abrieran. La abuela lo hizo, ya los largos, blancos cabellos sueltos, mientras Dulce observaba con los ojos bien abiertos, esperando a ver qué me iba a decir. Antes de echar la tranca, me espetó: "revoltosos buscaproblemas, eso es lo que ustedes son". Estaba furiosa. Entré a la habitación, sin cerrar tras de mí la puerta. Dulce no siguió mis pasos, ni para peinarme ni para ofrecerme de cenar, quedándose al lado de la abuela, cómplice de su enojo, en el que sin duda la había adoctrinado. Sólo me había quitado los huaraches y estaba a punto de bajarme los jeans, cuando oí a la abuela:

—Dulce, ¿en qué estás pensando? Ve a ver si la niña quiere algo de cenar, y recógele la ropa para que no deje tiradero. Mientras, pongo la tranca y ahora me vuelves a peinar el cabello, que con tanto ir y venir se debe haber ya enmarañado, a ver si con eso me sereno. Estoy agitadísima...

Estaba sentada en la cama, desabrochados los pantalones, cuando la vi entrar a mi cuarto, embarnecida prematuramente, sin rastro alguno de juventud, comida por las dos huesudas de la casa (la lisa y la redonda), la cabeza cubierta por su rebozo, los pies descalzos, como siempre. Me vio a los ojos y de inmediato los retiró, pero el contacto estaba ya hecho. Nuestros dos cuerpos sentían la presencia de la otra en la misma habitación. Si no hubiera fijado su mirada en la mía, habría procedido a quitarme frente a ella los pantalones, a tirarlos al piso y tras ellos los calzones, a aventar la blusa hacia donde fuera el movimiento del brazo con que me la pasara sobre la cabeza, y botar sobre la cama, tal vez, los aretes y el collar, mientras ella iba recogiendo una prenda tras otra sin hablar, doblando lo limpio, ordenando lo desparramado, llevándose a lavar lo sucio, como una sombra eficaz e invisible. Habría acomodado también en la zapatera mis huaraches de suela de llanta, los aretes en el alhajero, el collar. Pero como pusimos la una en la otra la mirada, las dos nos sentíamos. Yo no iba a desnudarme frente a esta chica desvencijada antes de tiempo, una aspirante al rencor, resignada también prematuramente, y ella también se incomodó, no supo qué hacer frente a alguien a quien estaba acostumbrada a no percibir, una mujer casi de su edad pero de vida radicalmente diferente, a quien estaba acostumbrada a servir desde los siete años de edad con eficacia laboral, sin roce alguno de persona, supliendo a éste por el grito y la aspereza, como una maquinaria a quien la tradición le daba indicaciones. Me avergoncé frente a Dulce, de mí misma y del papel que me tocaba representar. Las dos hacíamos una persona completa, las dos éramos fragmentadas mitades ella tenía de su lado la complicidad y el calor de la abuela que la obligaba a una esclavitud. Yo tenía una habitación para mí misma.

En mis oídos todavía resonaban las consignas que veníamos de gritar. Todo el día había escuchado fórmulas salvadoras de la humanidad y la promesa de que la Revolución ya venía, que navegaba con paso firme por el mar del Golfo de México, que la cercana Cuba nos la haría llegar por medio de un barquito, una pluma y una hoz. Había repartido los dos volantes impresos temprano en la mañana, el que había redactado el maestro y el que había firmado yo, una retahíla de consignas sin pies ni cabeza, sin saber que cometía al firmarlo de esa manera el pecado literario enorme que ya confesé. Después de correr y fatigarme y aventurarme por los mares procelosos de la manifestación, aquí estaba yo, frente a la nana a quien había esclavizado toda mi vida.

—Déjalo, Dulce —acerté a decir, en mi confusión que era mucha—. Ya es muy tarde, te prometo que yo recojo.

La abuela oyó mi promesa.

—¡Qué recoges ni qué ocho cuartos! Vete poniendo ya la pijama, y no has dicho si quieres tu taza de chocolate...

—Sí, quiero chocolate.

—¿De leche o de agua? —me preguntó Dulce, aliviada con la interrupción de la abuela.

—De leche.

—¿Te traigo pastas? ¿Una rebanada de pastel?

—¿Habrá un tamal? No he comido.

—¿Tamal de dulce o de mole?

—¿Cuál está mejor?

—Todavía están calientes, Lucifer hizo hoy tamales. Ahora vengo.

Dulce salió de mi cuarto y yo me desvestí, dejando respetuosamente el calzón en el piso, el pantalón en el piso, la blusa india en el piso, los dos huaraches de suela de llanta botados sin orden ni concierto. No tardó en volver con una charolita en la que traía el batidor de madera, mi taza y un plato con el tamal envuelto en hoja de plátano humeante. La puso sobre la mesita del patio central, y me senté a comer. Dulcé corrió a pararse tras la abuela y a peinarle una vez más el cabello suelto, mientras la abuela comenzó a hablar:

41. El cuento de la abuela

"Hoy les voy a contar de cuando los indios echaron a andar los alushes. Pues resulta que cuando yo era niña, cuando tenía seis o siete años, todavía era costumbre que los indios tuvieran a la entrada de sus casas algunos alushes representados. Los alushes aparecían como unas diminutas personas, delgadas, con las facciones bien delineadas, los brazos cruzados, envueltos de la cintura para abajo en hoja de maíz. Toda la figura completa tendría el tamaño de una mazorca tierna, el hombrecito o la mujercita salían entre la hoja en el lugar del elote y estaban tan finamente representados que costaba trabajo creer que los indios los hubieran hecho con sus propias manos, ya ven que hacen figuras toscas, con apariencia de monstruos, cuando no cazuelas en las que parece que nadie tuvo la bondad de darles la última pasada. Por cierto, mi nana Lupe decía que esas figuras de barro crecían de la mata de maíz, que nadie que no fuera Dios les daba forma con las manos, pero cómo va-

299

mos a creer que Dios iba a andar metiéndose con estas creencias de indios".

La abuela estaba buscando provocarme a como diera lugar, porque ya había hecho conciencia de que yo brincaba siempre que se ponía a decir pestes contra los indios, y de que los defendía cada vez con más argumentación, obsesionada por el tema, pero ahora yo no le respondería nada, que el horno no estaba para bollos, no me iba a dejar provocar de ninguna manera. Si le daba la gana, que les quitara alma y razón a los indios, allá ella. Mi tamal —guiso indio, por cierto— estaba exquisito. Mi chocolate en su punto, cubierto de espuma, y yo estaba exhausta. Como ya la había peinado Dulce, mientras probablemente hablaban de lo que habían oído decir de la manifestación —las habladurías de los ricos del pueblo, espantados con la presencia de tanta gente sólo por la muerte del incómodo Pelón de la Fuente, "puros revoltosos comunistas que vienen a alborotar a los indios" el peine había corrido con tanta facilidad que, apenas comenzada su historia nocturna, Dulce ya la trenzaba.

"Los indios, les decía, tenían frente a sus casas uno o más alushes. Había quien los ponía sobre el quicio de la entrada, otros los clavaban a un lado y otro de la puerta y otros los sembraban a los lados, en el piso, como en una casa india a la que entré con papá un mediodía de intenso calor —íbamos a caballo con sus hombres, vigilando no sé qué de la finca—, en la que nos dieron a beber café en enormes tazones, café ardiente, hecho en olla de barro con azúcar y canela, 'para que se desacaloren', cuando yo habría dado mi reino por un vaso frío de refresco, pero pues cómo en aquellos calorones, sin hielos ni refrigeradores en medio de la selva (donde no creo que haya entrado hoy día electricidad, seguro porque los indios se han negado a recibirla del gobierno, porque no hay gente más necia, más arraigada a sus creencias, más acostumbrada a ser miserable, ni que guste más del mal vivir, porque si no cómo se explican que viva en esos lugares tan horrendamente calientes donde no se puede hacer camino decente para llegar porque)..."

Dulce había terminado ya de peinarla, y comenzaba a pasar el cepillo por mi cabello, mientras yo daba fin a mi glorioso tamal que estaba realmente exquisito. Siguiendo con la mirada a Dulce, la abuela volteó a mirarme.

"Entonces los alushes se echaron a andar, coincidiendo con la más larga época de secas que ha habido en esta región, mucho más larga de la que padecimos hace dos años, que entonces se nos marchitaron los cafetos y no nacía ni una yerba, sólo los árboles resistieron la sequía, pero

tampoco daban frutos, ni un mamey, ni un plátano, ni un mango, ni una papaya, nada. Un día
cualquiera, todos los alushes dejaron las entra-
das de las casuchas indias, se volvieron de carne
y hueso y un pedazo de pescuezo, y hablaban en
sus lenguas, y no había rincón por estas tierras
donde no se sintiera el murmullo de los alushes,
ni casa decente donde no entraran sus travesu-
ras. Aquí y allá aparecía un alushe burlador, haciendo resbalar al caballo, tirando del columpio
a la niña, rompiendo el equilibrio del subibaja,
quitando el tapón a la fuente, salando la comida, volcando las cazuelas, tirando de los manteles cuando estaba ya puesta la mesa. Cada día
que pasaba, los alushes se iban envalentonando,
y si al principio eran los murmullos lo que aquí
y allá se oía, más adelante sus carcajadas y sus
gritos fueron cosa habitual hasta en el centro
del pueblo. Nosotros aprendimos a guardar silencio, porque si uno le contaba un secreto al
otro, cualquier alushe lo repetía a gritos para
que se enterara Agustini completo. Igual si hacía uno algo en la intimidad, corría el riesgo de
que lo publicaran los alushes. A mi abuelo le dio
diarrea, los alushes coreaban 'El viejo Melo tiene gripa en la cola'. Se crecieron más, y de darnos mayores y menores molestias y ocasionarnos
vergüenzas, pasaron a romper la ley. Se robaron
el maíz, se robaron el café, se robaron las pepi-

302

tas de calabaza, se robaron el cacao y el azúcar, los sacos de harina, los bultos de arroz del mercado. Tan pequeños, cargaban con tanto. Y un día, por culpa de los alushes, amanecimos en el pueblo sin qué llevarnos a la boca, porque no había alacena a la que no hubieran entrado a saquear, mientras los indios ladinos seguían poniendo esas caras de que no había pasado nada, sus caras de siempre sólo que con las barrigas llenas de nuestros chocolates y nuestros quesos, nuestros jamones y nuestras harinas. Alguien soñó que los indios salvajes, capaces sólo de tratar a la harina de maíz, se reunieron una tarde a comer juntos la blanca de trigo a puños, muriéndose de la risa, burlándose de nosotros porque acostumbrábamos comer cosa así, sin comprender que la preparamos y la horneamos para hacer de ella el pan, y soñó que cuando ya todos estaban polveados de arriba a abajo decidieron tirarla al río. No dudo de que su sueño fuera verdad, que no los veo regresándonos nada de lo que los alushes nos robaron entonces. Seguía sin llover ni una gota, por culpa de los alushes.

"Después los alushes empezaron a tomar nuestras cosas, primero cosas sin importancia, joyas de fantasía, después lo más valioso, las monedas de metales preciosos guardadas en los cofres, los collares de las abuelas, los engarzados en oro con mil piedras, y fue entonces, hasta entonces, que decidimos parar un alto a esas personillas. ¿Cómo hacerlo, si era imposible siquiera agarrar un alushe? Ahora lo veía uno aquí, ahora del otro lado del pueblo; no había manera de atrapar un alushe. Tuvimos entonces que organizar una limpia de indios. Al amanecer del día domingo, cuando comenzaba a clarear, los hombres del pueblo se reunieron con todas sus armas en el centro de la plaza. De ahí salieron silenciosos a la carretera, se pararon en las afueras de Agustini, y cada que veían a un indio venir, le disparaban. Mataron unas decenas, hasta que alguno que consiguió escapar de la ráfaga avisó y no llegaron más. Los cadáveres quedaron apilados todo el día, una cerca que sirvió para que los alushes regresaran a su forma de barro y dejaran sus triquiñuelas. Murieron cientos tal vez, yo tenía sólo seis años, mamá no me dejó ver los muertos, pero en la noche oí cuando llegaron por ellos, multitud de indios vinieron a buscarlos, a velarlos, llorando sus cantos, y los cargaron y se los llevaron, y cuando amaneció no quedaba un cadáver, y ya hablar de alushes traviesos o ladrones era cosa del pasado.

"Así terminan las historias de Agustini, Delmira. Aquí la gente mata. No lo has visto aún, porque eres muy niña, pero aquí los dueños de las fincas, si se ven amenazados, matan. Y hacen muy bien, no hay otra manera de llevar las cosas con orden. Cuidado, niña, te lo digo sin subirte la voz, sin enojo, sólo porque quiero que lo sepas. Y si no te importas tú, piensa que en esta casa habemos dos mujeres que hemos sido toda la vida inocentes y que no mereceríamos..."

Siguió el discurso unos pocos minutos más, hasta que tendió su chal, se acurrucó en él, Dulce se acostó a sus pies, el chal subió un poco más y las dos se durmieron profundas, mientras que yo me quedé pensando en los alushes, y creí oír algún ruido en el cuarto de mamá, como si jalara el aguamanil, pero ya no supe más. También estaba agotada. Había sido un domingo demasiado largo.

42. Se llevan a la niña

No tuve un solo sueño en toda la larga noche, y no supe de mí hasta que me despertaron los gritos y los llantos que parecían venir de la calle. Me desperecé lo más lentamente que pude. La abuela me había cerrado la puerta para que siguiera durmiendo, como hacía ahora por las mañanas, así que con toda calma me lavé y me puse la ropa interior. Mi único par de jeans estaba notoriamente sucio, así que saqué una minifalda de mi ropero, una blusa que combinara con ella, un par de calcetas, me vestí, me calcé unos zapatos y abrí la puerta para llamar a Dulce a peinarme.

Entonces, desée con toda el alma que la abuela viniera hacia mí y me distrajera contándome alguna historia que pudiera absorber mi atención. En eso pensé, absurdamente, y me dije varias veces a mí misma "cuéntame una historia, abuela, cuéntamela".

—¿Qué está diciendo la niña? —preguntó Ofelia a Dulce—. Al ver que yo había abierto la puerta, Dulce se había apresurado a reunirse conmigo, como si peinarme le pudiera traer la serenidad que urgía en la casa, y Ofelia se había pegado a sus talones, horrorizada.

—No le hagas caso, capaz que ya se nos volvió loca —le contestó, jalándome del brazo para que reaccionara, y llevándome con ella a la cocina.

Sobre el patio de mi casa habían alineado y apilado a los muertos. Un piquete de hombres los había traído, todavía calientes. Al entregar a los primeros, tocando recio el portón aunque estuviera abierto para llamar a la abuela, un moreno con acento veracruzano le había dicho cuadrándose:

—Son órdenes, abuelita, no se resista.

Tras él entraron los demás soldados, acomodando un muerto junto al otro, hasta apilar a los últimos que ya no cupieron.

No me despertó el sonido de sus botas, ni entró a mis sueños a perturbarme. Simplemente no lo oí. La abuela cerró mi puerta, llamó a mamá, se vistieron apresuradamente, salieron por el cura para explicarle lo que ocurría.

Cuando regresaron con él y con algunos de los deudos fue que desperté. Corrían de un lado al otro del patio identificándolos, o sacándolos de la pila y reacomodando a los desconocidos que habían venido desde Tampico hasta Ciudad del Carmen a enterrar al Pelón de la Fuente. Los deudos lloraban a los muertos, el cura repartía bendiciones, pero no decía más, estaba completamente desconcertado.

Muchos de los cadáveres estaban hechos papilla. Los que habían tenido suerte sólo traían alojadas unas cuantas balas, pero los más habían sido golpeados hasta morir y todos sin excepción traían el tiro de gracia en la nuca.

Dulce envió a Ofelia a traer el cepillo de pelo para peinarme, mientras trataba de hacerme tragar el chocolate y el jugo de zanahoria que me había preparado, cuando los soldados entraron de nueva cuenta al patio. Pidieron hablar con la abuela, le explicaron que venían a llevarse lo que les pertenecía.

— ¿Los muertos? Llévense ésos de la pila, a los otros ya los vino a reclamar la familia.

—No, señora, los muertos se quedan aquí, son su problema, ya acabamos con ellos. Venimos por Delmira la de Agustini.

—¿La niña?

—Venimos por la señorita Delmira, la de Agustini, la agitadora...

—Pero óigame mi comandante, todo el pueblo anduvo ayer con los revoltosos en la calle, no se lleven a nuestra niña...

Por única respuesta le pusieron en las manos un periódico de Villahermosa y le repitieron la frase que le sorrajaron al entregarle a los muertos:

—Son órdenes, abuelita, no se nos resista.

—¡Que buscan a la niña! —entró a decirnos a la cocina Ofelia, con los ojos desorbitados.

—¿Quién la busca?

—Los soldados. Se la van a llevar.

Sentí que me orinaba, pero no me estaba haciendo pipí. Quedé súbitamente inmersa en una sensación corporal que no había yo sentido nunca antes, que se parecía ligeramente a aquella que padecí en la panadería, pero que la sobrepasaba de tal suerte que anulaba la similitud. ¿Era pavor, pánico? No lloré ni dije nada. Tampoco me moví. Ellos entraron por mí a la cocina, me levantaron de la silla, me agarré a la mano del molino como única resistencia, la mano se vino conmigo. Salí de la cocina en andas, llevando la mano del molino en la mía, pasamos el patio, el corredor, el portón. En la acera me esperaban mamá y la abuela.

—Si la llevan, llévenme con ella también —dijo la abuela.

—Tú no, mamá —chilló dijo mamá, sujetándola de la falda, como si ella fuera la niña—, tú no... —con los ojos anegados de lágrimas que no voltearon ni un instante a verme.

310

Los soldados me dejaron sobre el piso. Entonces me di cuenta de que traía la mano de molino en la mía, y sin abrir la boca se la entregué a la abuela, diciéndole:

—Quédate y la cuidas.

—Delmira, lo de los alushes, hice mal en contarlo, traje la mala suerte, los invoqué, traje a la casa los demonios...

—No, abuela, tú lo dijiste ayer. Así es Agustini.

Habría unos doce o quince soldados rodeándonos. Los dos que me habían sacado de la cocina, me entregaron al resto del piquete. Cercándome, sujetaron con fuerza desproporcionada mis dos brazos, y uno de ellos me jaló las manos, para colocar las esposas en las dos muñecas. Ahí quedaron mis manos frente a mí, cargadas de cadenas, como la primera esclava blanca de Agustini. Los soldados abrieron el cerco que habían formado a mi alrededor, dejando mi esclavitud expuesta, y volví a verlas, mamá, la abuela, Dulce, Ofelia, Lucifer, Petra, las asistentes de la cocina. La niña Delmira era la esclava de estos pelados de cabeza rapada en humilde peluquería, morenos, gente de otros lugares, que de haber sido de Agustini no se habrían atrevido a alzarle un dedo a la hija y nieta de los Ulloa, fundadores de Agustini, cuyo apellido podía leerse una y otra vez en las calles, en las bancas de la Alameda, en las de la iglesia, en el panteón. Los Ulloa habíamos sido por centenas los dueños de Agustini.

Un par de soldados agarró a su presa de los hombros y con empujones le indicó su camino. Jamás un blanco había andado así por las calles del pueblo, jamás había desfilado con los puños sujetos por el metal, atado como un perro, dócil también como un can, porque no opuse resistencia, fui llevando mis pasos hacia donde ellos me iban guiando a jalones y empujones gratuitos. Doblamos la esquina. Volví la cabeza pero me era ya invisible la casa, no me seguía nadie de los de allá. En cambio, venía tras nuestros pasos, de cerca, una mula. Los muchachos comenzaron a amenazarme: "a ver si se te quita lo cabroncita", "güera, ni sabes lo que te espera", "esta palomita va a cantar".

Todos los balcones del pueblo me veían pasar. En todas las calles había gente mirando desde la acera mi paso, porque me llevaban como a un ser sin razón por donde caminan los burros, los caballos, los automóviles. La rubia Delmira había perdido su lugar en Agustini, a manos de estos ladinos que me continuaban jalando groseramente, sin motivo alguno. Agustini no alzaba la voz por mí. Éste no parecía ser el mismo pueblo del día anterior, donde todos, solidarios, acogían la protesta por el asesinato del Pelón de la Fuente. Éste era un pueblo aterrorizado, un pueblo que no entendía lo que ocurría, un pueblo tomado por un orden que le era completamente ajeno. Tampoco voló sobre mí ninguna bruja, ni saltaron a nuestro paso los sapos, ni el cocodrilo albino dejó su cola para impedir el camino a los dos cerdos que me iban manoseando y cada vez más groseramente, ni danzaron las imágenes de los santos, sino que todos los objetos se posaron en el pueblo, todo cayó, se vino abajo, aunque los pájaros siguieron volando. Las hojas de las matas de cacao y café vieron sus puntas quemadas, pero sus frutos, a punto de estar para la pizca, quedaron intactos. La pitaya no se pudrió, el mango no se ennegreció, las papayas no cayeron, ni los plátanos fueron sensibles al primer esclavo blanco de Agustini. Sólo las hojas de las matas, como si una inesperada helada hubiera caído a la mañana, una helada de la que las plantas se supieron burlar.

El doctor Camargo salió de su casa al verme pasar. Él no se había enterado de nada de lo que esa mañana había ocurrido en Agustini, nadie le había ido a informar, no había hecho falta su intervención, por obra del tiro de gracia, dejándolo sin un herido que curar. Salió vestido en su pijama, y sobre ella acomodada una bata. Ataviado así, fue el único agustinino que ofició mi defensa, cuando se paró frente a los dos jóvenes policías, me miró con una cara de asombro y compasión, y les dijo:

—Caballeros, si es cierto o no que tienen que llevársela, ya lo responderán ustedes ante la ley, yo sólo soy el doctor de este pueblo (doctor Güero Camargo, para servirles), y no tengo por qué meterme en esos asuntos. Pero deben saber, porque ustedes no son de la región, que aquí tratamos a nuestras damitas con mayor respeto.

De dos cachazos lo tiraron al piso, abierta la cara, sangrando de una de sus cejas muy profusamente. Tras nosotros seguía la mula, siguiéndonos como si fuéramos la zanahoria de su distracción, y casi lo arrolla, si no es porque Sara y Dorita, su mujer y su hija, corrieron a recogerlo, espantando al necio animal que no parecía dispuesto a despegarse de nuestros talones, era una hiena esa mula. Ningún vecino se acercó a recoger al doctor. ¿Qué te pasó esa mañana, Agustini? ¿La sangre de los forasteros y la de los propios te nubló la razón? ¿Ese día tu magia consistió en amarrar a tu gente al tornillo del miedo?

La mayor parte de los manifestantes se había ido ya de Agustini. Los soldados habían masacrado a los que iban hacia el mercado temprano en la madrugada. Los indios que habían bajado a mercar semilla o sus puños de frutos también formaron parte de la carne para la matanza. La mayor parte de los restantes, enterados del crimen, había corrido a dar aviso a Villahermosa, Tampico y la capital. Otros habían tomado el camión de las ocho arrastrados solamente por el horror, buscando el olvido. Dos camiones del sindicato habían salido empaquetados de sus miembros.

En la Alameda central, rodeando el kiosco, algunos visitantes estaban agrupados, dándose unos a otros el hombro y la espalda, sin atreverse a mirarse a los ojos y casi sin poder hablar. Los soldados, no sé si para provocarlos, cruzaron la Alameda conmigo al frente, pasando a su lado. Todos voltearon a verme. Reconocí algunas caras que había conocido el día anterior. Ahí estaba uno al que le había encontrado una hamaca en donde los Juárez, allá otro que había llegado con su maletín de doctor para ver qué se ofrecía, allá el del traje claro que me había pedido una copia de mi panfleto, llamándome "linda".

—¿Podemos tomarles una foto, comandantes? —les preguntó el reportero. Para que se vea cómo cumplen bien con su deber. Soy del *Sol de Tabasco*, el diario del gobernador...

Nos detuvimos frente a ellos, todavía con la necia mula siguiéndonos.

—Pues cómo no.

El fotógrafo, el que había retratado el día de ayer a los músicos, se tomaba un helado en una de las mesas de la heladería. Lo llamó su compañero, "¡tú, mira qué foto te conseguí!", y vino corriendo hacia nosotros. Para la primera fotografía, los soldados no hicieron nada especial. Los dos que traían sus manos sobre mis nalgas y mi espalda las acomodaron como dos ganchos cerrándolas sobre mis sendos hombros.

Para la segunda, me alzaron la falda.

Para la tercera, uno me abrazó groseramente.

Para la cuarta, me hicieron hincarme, poner la cara al piso, y uno de ellos puso su enorme bota sobre mi espalda.

El reportero no se atrevió a pedirles una quinta, viendo que en cada una se crecían, envalentonados.

—Gracias, comandantes. ¿Por qué la llevan presa?

—Por revoltosa. Le acabamos de dejar a su abuela el cuerpo del delito. Ella es Delmira, la de Agustini.

El reportero se sorprendió. Él no sabía que yo era ella, pero lo que sí sabía era que él no era quien les había dicho. No trabajaba para el diario gobiernista que era propiedad de un hermano del gobernador. Era periodista del *Diario de Villahermosa*, era él quien el día anterior había llamado al periódico para dictarles palabra por palabra lo que decían los volantes que repartimos, para que los publicaran en primera plana.

Por esas líneas era por lo que me llevaban ahora presa, las que él había hecho publicar, y con esto me había condenado a prisión.

—¿Ella es la que publicó lo del *Diario de Villahermosa*?

—Ella mera es. Ahora va a saber qué les pasa a las güeras cuando se andan de cabroncitas. Vamos a dejar limpio este pueblo hoy mismo.

—¿Puedo hacerle una pregunta a la chica, mis comandantes?

—Puede.

—Mi compañero el fotógrafo les invita un helado a todos.

Los soldados rieron gustosos, y se adhirieron al mostrador de la heladería.

—¿Quieres que le avise a alguien, Delmira? Lo siento mucho, yo soy culpable de esta situación, no sé en qué más pueda ayudarte.

Me explicó apresuradamente quién era. Le di el teléfono de mi tío Gustavo, "es hermano de mi mamá, ingeniero Gustavo Ulloa", se sorprendió al oír mi apellido, "sí, no me brinque usted así, somos los Ulloa de Agustini, de seguro me puede venir a rescatar de estos trogloditas, él le hablará al gobernador, son amigos", y de un hilo le receté el número de mi padre, y mi apellido paterno, Canfield, "es italiano, vive en Londres, dígale que me saque de aquí". El reportero anotó rápidamente todo, y tomándome del brazo con cuidado me depositó entre el piquete de soldados, cada uno armado con su paleta helada.

Seguimos nuestro camino. La paciente mula seguía tras de nosotros. Llegamos al apartamento de policía al mismo tiempo que el cura y que el maestro. También los traían presos a ellos dos, sin mula que los siguiera, sin esposas en las manos. Tras la mula venía el reportero, que sólo echó una ojeada y se fue corriendo hacia un teléfono.

Para hacer llamadas de larga distancia, era necesario acudir a la caseta del teléfono, no bastaba con marcar un número en casa, se marcaba el cero y se pedía la conexión al exterior. El reportero marcó el cero desde el teléfono de la tienda de abarrotes, que acababan de abrir, los pies en el charco del agua con que limpiaban el piso. No le contestó nadie. Volvió a marcar el cero.

—¿No le contestan? —le preguntó la chica que cepillaba el piso—. ¿Por qué mejor no va a la caseta? Luego Teresita se distrae, y tarda en contestar. Está aquí a la vuelta, salga —la chica lo acompañó a la calle, y le señaló con la mano la dirección que debía seguir—, se sigue hasta la esquina y ahí se da la vuelta, hacia arriba, tirito la encuentra —de nuevo indicó con el brazo hacia dónde.

Apenas giró en la esquina, vio el letrero metálico sobresaliendo de la pared, con un teléfono pintado, señalando el lugar al que iba. La puerta del local estaba abierta de par en par.

Frente al tablero de teléfonos no había nadie sentado, sólo un papel doblado. El calendario estaba abierto en el día. La telefonista colgaba del ventilador, ahorcada con un cordel telefónico. La inerte Teresita era hoy el único objeto que no tocaba el piso en Agustini, que desdecía la ley de gravedad, que rompía el orden a que obliga la tierra. Bajo sus pies sin zapatos, que todavía se mecían, estaba tirada la silla que había usado tantas horas para bordar, tejer, soñar o conectar llamadas, y que hacía unos minutos la había conducido a la muerte. Sobre el teléfono, una hoja doblada tenía escrito "Favor de entregar al padre Lima". El reportero la abrió. En lápiz, con puño vacilante y letra de niña, tenía escrito lo siguiente:

> Padrecito:
> Me violaron los tres soldados que entraron a la casa a buscarme, quesque porque yo les ayudé a los revoltosos a traer gente al pueblo. Me violaron enfrente de mi ciega madrecita. Cerré la boca y no le dije nada al salir, quiero que no se haya dado cuenta, pobrecita. Por favor visítela, a ella confórtela, la dejo solita, me rompe el corazón, pero no puedo seguir vivien-

do con esto. Por favor déme el perdón, no me deje penando entre los
pecadores, déme la absolución. Dios
sabe que no puedo hacer otra cosa.
¿Qué me queda? Perdóneme, se lo
suplico, no deje que mi alma no en-
cuentre paz. Diga alguna misa por mí.

Teresita

El reportero asomó a la puerta y pidió auxilio.
Nadie salió. Tocó al portón abierto de la casa de
donde la sede del teléfono era accesoria, y explicó a la señora Lupe lo que había pasado.

—¡Dios la tenga en su gloria! Era el ser más
bueno que ha vivido en este pueblo, un ángel de
inocencia... ¿Cómo pudieron hacerle esto?

—Necesito hablar por teléfono. ¿Alguien
puede ayudarme?

La hija de la señora Lupe le ayudó a conectar las llamadas de larga distancia. Llamó primero que nada a mi tío Gustavo en la ciudad de
México. Le explicó la situación mientras Gustavo, mudo, no le decía nada. La llamada lo había despertado, y tardó unos segundos largos en
reaccionar. Le pidió que avisara al padre de
Delmira, y le dio su teléfono.

—¿De dónde sacó ese número Delmira? —fue
lo primero que dijo Gustavo.

—Haga algo por ella, ahora mismo, los soldados que llegaron en la madrugada han matado a muchos. Violaron a la chica del teléfono, la tengo aquí frente a mí...

—¿Teresita?

—Sí, parece que es ésta. Si usted tiene conocidos, haga algo de inmediato. No están jugando, esto es muy serio...

—Ahora mismo me muevo desde aquí. Y dígale a Teresita que esos malditos...

—Teresita se suicidó, ingeniero.

—¿Teresita?

—La violaron los soldados, la acusaron de ayudar a la organización de lo de ayer, y se suicidó.

—¿No me dijo que estaba frente a usted?

—Aquí la tengo, ingeniero. Cuelga de un cable frente a mis narices. No han llegado los chicos que la van a bajar.

Gustavo quedó consternado. Todas esas noticias no cabían en su cama. Brincó de ella apenas colgó, mientras que el reportero llamó de inmediato al *Diario de Villahermosa*, donde le dijeron que no sabían si podrían publicarle la información. Al colgar se comunicó al *Excélsior* en la ciudad de México, y explicó todo lo que había ocurrido.

—Basta la información para que le pasemos nosotros una nota a *Últimas Noticias*. ¿Te llamamos a las doce para que nos des la tuya escrita, para el periódico de mañana? ¿A qué teléfono?

—La chica de la caseta se suicidó. La violaron los soldados —volvió a repetir el reportero—, aquí la tengo frente a mí. Ya no le columpian los zapatos. No sé si entren las llamadas, estaré en el Hotel Ulloa. Si para las doce y media no ha sonado el teléfono, vengo a la caseta y trato de llamarles yo.

44. Prisión y fuga

Hasta entonces, el departamento de policía de Agustini había sido una entidad ridícula, donde Lucho Aguilar, huésped de Amalia, tía del Pelón, el hermano menor del alcalde de Ciudad del Carmen, acomodado a las fuerzas por su familia en un puesto de gobierno, había ido a caer porque era donde no hacía falta que tuviera aptitud ninguna. La policía en Agustini recogía a los borrachos de las calles y los llevaba a dormir a la cárcel del pueblo, pero para más, hasta este día, nunca había servido. Cada quien se encargaba de hacerse de su propia justicia. Había un policía en el pueblo y un jefe. El policía paseaba al caer la noche con el silbato, anunciando el sereno, y el jefe se comía los mocos en público y las naranjas del patio de Amalia, en privado, repitiendo en ésta o en aquella fiesta alguna de las ideas de sus hermanos. Ya he dicho que cuando sonreía parecía o ser un imbécil irredento, o estar dotado de una astucia sobrecogedora. Puede ser que supiera echar mano de las dos cualidades, porque cuando vio la única habitación de la cárcel del pueblo completamente atiborrada y de gente de tan distintas edades y clases sociales, supo de inmediato qué hacer. Se acordó de los gallineros que todos teníamos olvidados, otra de las empresas juveniles de mi tío Gustavo, en la que al final tampoco ni ganó ni perdió dinero, porque tuvo dos geniales ocurrencias para deshacerse, con provecho, de las invendibles gallinas. Puso un puesto de dardos (si acertabas a diez de un hilo, te llevabas un pollito rostizado), en el que hubo cola durante semanas, todos querían tirarlos, y vendió almohadas de pluma (que se pudrieron antes de que terminara el verano, o porque el clima hizo estragos en ellas, o porque las plumas no estaban bien tratadas, imposible saberlo, si fueron las primeras y las únicas que llegaron a Agustini).

Llevó a los presos especiales a los gallineros, el maestro, el cura, la Delmira, acompañados de la punta más desagradable de militares, escogiendo con olfato animal a los más altaneros, violentos, bestiales. Pasamos encerrados donde una vez hubo gallinas, en cuartos separados, no sé cuántas horas, sumados los minutos que le llevó a mi tío Gustavo esperar que llegara el gobernador a su oficina, porque en la casa no estaba, ni con la amante conocida por todo Tabasco —tal vez estuviera con su muchacho, pero de él nadie tenía el teléfono—, más los de la explicación, que el gobernador no entendía de qué le estaban hablando, más lo que le tomó al gobernador poderse comunicar a Agustini, ahora que nadie contestaba en la caseta. Uno de sus secretarios tuvo una idea, enviar un telegrama, diciendo: "Es mía Delmira", firmado por el gobernador, que bastó para que las bestias dejaran de roerme bajo las faldas, buscando el más sabroso de mis huesos.

El telegrafista de Agustini, buen cristiano y amigo del maestro, agregó unas palabras que salvaron dos vidas:

…"respeten al cura y al maestro".

A pesar del telegrama, no nos dejaron libres. Nos juntaron en un solo cuarto, y fueron a confirmar si aquello era en verdad un envío del gobernador. Hablaron por teléfono al cuartel general, los del cuartel general se comunicaron con el secretario personal del gobernador y éste les dijo que sí, que el gobernador había intentado hablar personalmente con ellos a Agustini, pero que al ver que no se podía, les había enviado un telegrama.

—¿Y por qué no se comunicó al cuartel general?

El secretario no les contestó su pregunta. "Qué imbécil", pensó, "con las prisas y los nervios no se me ocurrió lo más sensato".

Nos soltaron a los tres al caer la tarde. Mi tío Gustavo, que ya estaba en el pueblo, nos esperaba en el departamento de Policía. Me subió al coche y me sacó del pueblo. No volví a ver la casa de la abuela. No la he vuelto a ver. Nunca volví a ver a mamá. Murió hace seis años. No fui a su entierro, aunque Gustavo insistió. La abuela me explicó largamente en una carta cómo era que había enfermado, primero una mancha negra le apareció en la espalda del lado de la espaldilla izquierda, una mancha como si un puño la hubiera golpeado. Pero ni le dolía, ni le picaba, y el doctor le dijo que no tenía la menor importancia. Después le comenzaron las molestias en el brazo izquierdo, a la altura de la axila. Ahí se le abrió una llaga que le comenzó a crecer y a crecer. Se le infectó, y por más que le echaban polvos de sulfas que le enviaba el médico y después miel y compuestos que le recomendó la yerbera, no cedía. Después una verruga le creció justo en el centro de la mancha de la espalda, que para estas alturas no se le había borrado. Perdió el apetito, y se decía cansada todo el día; decía que despertaba cansada, que tenía problemas para dormir. Había abandonado la hamaca. Se acostaba en una cama de azúcar que le hizo construir la abuela, un cajón de madera del tamaño de una cama que en lugar de tener colchón tenía varios kilos de azúcar, rodeada por un canalito de agua para impedir la subida de las hormigas. Dormía ahí porque decía que sólo con azúcar sentía algún alivio en las heridas abiertas.

Una mañana amaneció sin vida. "Se acabaron sus tormentos", en palabras de la abuela. "Todavía no peinaba canas, y se nos murió. El doctor dice que fue un infarto masivo, si lo de la piel no era como para irse muriendo. Para mí que se murió del corazón, pero de otra forma. Se le pudrió de afuera para adentro. De esa pudrición es de lo que se nos murió". En la explicación le di la razón a la abuela, tal vez por primera vez en mi vida. Mamá todavía era joven, no había vuelto a tener un compañero o un amor oficial desde que se separó de mi papá. El padre Lima hacía lustros que ya no vivía en Agustini, había pedido que lo trasladaran a Tehuantepec, según me contó la abuela decían las habladurías que "porque allá había una india que lo traía loco". Con ningún otro hombre del pueblo podría haberse embrollado, y allá refundida se ahogó, enferma de ausencia de amor.

Las largas cartas de la abuela reemplazan sus cuentos nocturnos, pero han perdido su fervor imaginativo; se concreta a hacerme recuentos exhaustivos de lo que ocurre en Agustini. Así sé que el bisnieto de doña Luz que apestaba a orines no se ha casado, que Dulce todavía trabaja

en la casa, que Luciferita sigue siendo la cocinera, que la tía del maestro enfermó y se curó,
que el maestro desapareció, que dicen que se
metió a vivir a la selva con los indios, que unos
dicen que lo han matado, que otros que anda
armado dando problemas al gobierno. Al jefe
de la policía, Lucho Aguilar, lo asesinaron un
día en los portales, nadie sabe quién, acumulada
tras mi ausencia una lista de porqués posibles.
Lo peor de todo lo que ha ocurrido en Agustini
lo sabe todo el mundo: la selva se ha acabado.
Entre el petróleo, la explotación de los bosques
tropicales y el ganado, han barrido con ella.
Aquella maravilla terminó mayoritariamente
convertida en postes de teléfono y durmientes
para vías de ferrocarril. Ya no quedan árboles
de caoba, ni cedros rojos ni chicozapote. Man-
glar, popal y tular todavía hay, son los árboles
que crecen sumergidos.

Pasé por la ciudad de México casi sin verla.
No la conozco. Nunca vieron mis ojos los frescos de Rivera en Palacio Nacional, ni la Cate-
dral ni el Estadio de la UNAM, ni la Torre
Latinoamericana, ni el edificio de la Lotería, ni
la estatua de la Diana ni el Ángel de la Independencia; nunca recorrí la Avenida Reforma, y no
sé si recorrimos algunas cuadras de la Avenida
Insurgentes, la más larga del mundo, cuando nos
dirigíamos directamente al aeropuerto. Nunca

vieron mis ojos el Zócalo de la ciudad de México, nunca el Museo de Antropología e Historia, nunca la gigantesca estatua del Tláloc o la Coatlicue o la Coyolxauhqui. Ni siquiera dormí en la ciudad.

El secretario de mi tío Gustavo nos esperaba en el mostrador de British Airways, con un pasaporte sacado con el auxilio de un amigo influyente. Volé siete horas a Nueva York, que tampoco conocí en esa ocasión. A esa ciudad sí he vuelto, a México nunca. Pasé como una ráfaga por el D.F., y no tuve ni tiempo para enterarme que había estado ahí. A mí no me pueden hablar del México lindo y querido de las canciones. Conozco el telón que cuelga del Teatro de Bellas Artes porque lo he visto retratado en algún libro. Pero ni los volcanes, ni esa visión del Valle puede conmoverme como a otros mexicanos, porque yo nunca vi con mis propios ojos ni al Popo ni al Izta. Tampoco me dice nada el nopal ni el maguey ni el burro ni el indio con sarape que he visto dibujado aquí y allá. No visité jamás Xochimilco, ni escalé la Pirámide del Sol o la de la Luna en Teotihuacán. Nunca vi allá a los mariachis, y no creo que sonaran como los que tocan a veces acá. No vi jamás a los charros. En mi pueblo no se festejaba el día de muertos. No conocí las Sierras Madres, ni los desiertos ni las otras ciudades de mi país. Probé

331

el tequila hará un par de años. Sólo conozco algo del resto de la provincia porque he leído, pero no sé cómo será el tono magistral del cielo en Zacatecas, ni cómo se verá el Cerro de la Silla que mira a Monterrey, ni visité el Hospicio Cabañas en Guadalajara con los frescos gloriosos de Orozco. Jamás volví a México. Treinta años, Delmira, treinta años. Y antes de ellos, Agustini, mirando un territorio que le daba la espalda a tu país.

1997:
45. Treinta años

Terminaré mi historia a la manera de Lope en las novelas a *Marcia Leonarda*. Aquí ya no transcurrirán los hechos, me contentaré con sólo hacer una mención apresurada de ellos. Hace ya diez años trabajo en Lope de Vega, lo edito en español para estudiantes de esta lengua en Alemania, y con esto justifico que ahora voy a optar por el rápido recuento, en lugar de hacer ocurrir ante los ojos del lector los hechos. Como Lope, que precipita el final de su *Diana* en diez líneas, así haré yo con mi historia. No puedo parar ahora con lentitud en mis treinta años de vida europea, porque estos treinta años no me detienen, me expulsan, me quieren extraer de sí. Hace tres décadas que no duermo en hamaca, que no veo a los objetos flotar, ni se aparecen al salir de mi cuarto un cocodrilo albino, un ejército de indias amamantando sabandijas, una legión de sapos estrellándose contra mi balcón, brujas magníficas vendiendo mercadería falsa, lluvias compradas con algunas monedas. Tengo seis veces cinco años sin oír por las noches el cuento de la abuela. Vine buscando un mundo fiel a las leyes de la física, está aquí rodeándome, aunque no pueda decir que lo tengo. Los primeros años fui fascinada por su sensatez, mientras miraba a los europeos de mi generación ser masivamente seducidos por nuestra aparente ausencia de lógica. Encontré a mi padre y lo perdí. Inspirada por Lope, fingí ser diversas, creí ser una y otra persona, mostré con decisión predilecciones que fui cambiando, opté por gestos y gustos de los que después deserté. Me enamoré una y otra vez. Fingí ser plebeya, pasé por ser de la corte, me creyeron hija del rey, usé gasas y tules mientras me colorée el cabello y me lo ricé coquetamente. Me vestí de hombre por amor a una mujer. Volví a mi padre, volví a perderlo, terminé por ganarlo a su manera. Estos días han reabierto *The Globe*, el teatro de Shakespeare, y debiera aprovechar el pretexto para viajar a verlo, ir juntos a una función. Nos daremos cita para tomar una cerveza en su *pub* predilecto. Tal vez llegue quince minutos tarde, entretenida en una estación del *tube* mientras confirman si es falsa o cierta la amenaza de una bomba, pero él no caerá en la cuenta, mirando bajar la espuma de su vaso. Apenas me vea, comenzaremos a charlar como si nos hubiéramos visto ayer, escucharé su último requiebro amoroso, nos iremos juntos a husmear en silencio las librerías de Charing Cross Road. Sin darnos cuenta, llegaremos a la orilla del Támesis, tomados del brazo, y miraremos arriba del escenario los frescos reproducidos fielmente del original. Nos sentaremos donde lo hicieron los aristócratas, como ellos (ahora también como los demás) al respaldo de la lluvia. Después del teatro, iremos a cenar mirando el Támesis, desde alguno de los nuevos restoranes que han levantado a distancia de la City, donde en otro tiempo hubo una fábrica y trabajaron los niños, donde después hubo una bodega y que han adornado ahora de lo más elegante.

Es todo lo que puedo decir aquí, porque mi cuento termina en Agustini. Cuando comencé estas líneas, pensé "tres páginas sobre mi pueblo, y de ahí al avión en que volé para escapar de él, el trayecto al lado de una señora que tuvo compasión de mí al oír mi historia, que me dejó en Nueva York, donde se quedó el libro que venía leyendo:

"—*Cien años de soledad*, es fantástico, tienes que leerlo; lo está leyendo el mundo entero.

"Mi desilusión al caminar por sus páginas, diciéndome a mí misma, si dejo Agustini no es para encontrar pueblos que se le parezcan, la llegada a Londres, el malestar infinito de un *jetlag* del que nadie me había nunca hablado, mi encuentro con el padre, la experiencia del 68 a su lado, mi viaje a Berlín, mi oficio de editora", y que después me detendría con pausa a contarles mi pecado, el que me ha hecho perder mi modo de vida en Alemania. Pero volví a un Agustini que no existe más, y ahí me quedé todas las páginas que me duró el aliento. Éstas son en realidad las primeras que he podido escribir. Hasta estas fechas, Delmira Ulloa pudo liberarse de su error imbécil, de haber firmado usurpando el nombre de una escritora prodigiosa e inimitable, que sólo existió, antes de morir asesinada por un arranque pasional, en su escritura. Pude liberarme también de la seriedad de que me había rodeado. Huí al escribir aquí. Falté a la verdad para reencontrar mi pasado, mi infancia. Esto fue mi vida, la única a la que pude serle fiel.

El tiempo ha corrido mientras que he repasado las historias de mi pueblo. Pasó la fría primavera con su frágil milagro. Cruzó un verano espurio con ráfagas de lluvia y de viento. El sol ha decidido instalarse apenas, tarde, cuando entramos ya al mes de agosto. Súbitamente, Berlín ha resplandecido en verde y luz. Todos regresan de veranear con el cutis tostado, las pieles cargadas, estallando de energía. La ciudad está llena también de alemanes de otras regiones, que ahora vienen, con o sin hijos, los horarios se escalonan en la Germanía para que no coincidan los millones de seres flotantes en los sitios preferidos para el descanso.

Por mi parte, he detenido el invierno en mi departamento. Salgo poco. Trabajo en casa, escribo en casa. Parece que he desertado de mi vida para detenerla, practicando una ridícula gimnasia. Hoy crucé el reverdecido Tiergarten, el parque central que vino a suplir mi paseo por el kiosco de Agustini, aunque jamás supo ocupar su lugar. Las parejas se acariciaban desnudas sobre el pasto, los hombres se cortejaban sin ropas en su playa, las mamás se impacientaban con sus hijos y el vendedor de helados surtía desde el camión la mercancía efímera que sólo protege el calor y que derrite su único aliado, el sol.

La vida sigue. No para mí. Aquí termina la que tuve de niña, como han terminado las otras que me he inventado. Me toca ahora inventarme otra vez. Pero terminar con este recuento de hechos me ha dejado exhausta. Me iré a la playa, a Cumaná o a Costa Rica, a Djerba o a Nueva Zelanda. Procuraré no pensar en nada mientras tomo el sol, fingiéndome alemana. Después, inventaré para mí otro personaje, y si tengo suerte optaré por ser escritora, por contar sobre la página historias, pero historias que no sean como ésta, que no sean un recuento personal, que no hayan ocurrido, historias donde la fantasía tenga una razón de ser, donde responda a la mecánica de la metáfora y la comprensión, donde imaginar obligue, irradie sentido. Historias lejanas a Agustini, pertenecientes únicamente al territorio de la página y la fantasía. No me propongo más. Ya no soy aquella adolescente ilusionada con hilar un libro sobre el vacilante territorio de lo imposible y la unicidad, ni tengo para mí un proyecto fundado en la reiteración, altanero, satisfecho de sí mismo. Ahora quiero contar, llenar a mis lectores como la abuela llenó aquellas noches en las que no pasó su mano por mi cabello ni acarició mi espalda ni me dijo ninguna palabra tierna ni me besó en la mejilla. Con eso sueño, con escribir, saltando de una historia a la otra. Pero si mi aliento ha quedado apagado después de sólo revelarles la marcha de mis primeros años, si ni siquiera pude narrarles aquí cómo he perdido mi empleo en Berlín, cómo alteré pasajes de Lope por rebelión y fastidio, cómo intenté imitarlos alterados en la vida real, cómo caminé por el tenebroso territorio de la mentira, envenenando mi cotidianeidad y a mis amigos, no sé si seré capaz de llenar de nuevo el pulmón y contarles una verdadera historia, algo que no haya ocurrido, que se fragüe en el terreno de la imaginación, que surja lleno de fuerza, revelándonos el sentido de la vida. Aquí sólo me confesé, sólo dije quién fui una vez, lo único que, por otra parte, he sido realmente. ¿Podré hacerme una escritora, desertando de mí? Por el momento, no me atrevo a responderlo. No sé qué seré. No sé si me atreveré a volver a mi tierra, abandonando estas otras, si habrá un solo centímetro reconocible en el Agustini hoy arrasado por el petróleo y la modernidad, no sé cómo será el cielo donde la tierra ha borrado la selva, supliéndola por potreros o pozos. No sé qué será de mí, dónde viviré cuando vuelva de la playa, si tendré valor para regresar a Agustini y volver a mirar la casa donde fui niña, la abuela vuelta ahora sí una vieja, mi tío gobernador, las hermanitas todas vueltas pasas, el Peloncito rector de la Universidad de Villahermosa, Dulce tal vez eternizada en su edad indefinida, Luciferita rabiando, el doctor Camargo sin un ápice de pelo, las calles plagadas de coches, Agustini crecido, habitado por cien veces más habitantes, los edificios de departamentos (que construyó Gustavo) bordeándolo por toda la orilla. No sé si me atreveré a subir al campanario de la iglesia y mirar la extensión sin fin de los potreros, las carreteras, los puentes y los caminos asfaltados, la multitud saliendo y entrando al mercado que también construyó mi tío. Peor todavía: no sé si dejaré que caiga la tarde y tenga valor de ver, desde allá arriba, la luz helada de las pantallas saliendo de todas las ventanas, en lugar de los jóvenes y los viejos paseando por las calles, comiendo elotes, girando alrededor del kiosco, buscando a la señora que hacía aquellas exquisitas gorditas de masa fresca, rellenas de longaniza y requesón. No sé si mis ojos aún sean capaces de mirar a los pájaros desplomándose desde el cielo, a las naranjas volando en nubes, a las mujeres amamantando sabandijas. ¿Iré al mercado? ¿Me toparé con el vendedor de echarpes, mascadas y rebozos? ¿Se alzará al vuelo su tienda de tela, seguirá sosteniéndose en el aire cuando él quiera hablar conmigo a solas? ¿Reconoceré su acento, sabré de qué tierra viene, si es de México, si es del norte o del sur? ¿El cargador de mercancía continuará atándose a la cintura lo que la marchanta le va dando a llevar, para quedar con las manos libres? ¿Irá tras ella sonando a latas, crujiendo con las bolsas de plástico, caminando entre lucientes etiquetas, botes, empaques, o seguirá el mercado de Agustini vendiendo los ingredientes para las comidas desnudos, como los regala Naturaleza? ¿Las montañas de frijol, garbanzo y arroz, esperan todavía a su comprador relucientes sobre el piso? ¿Qué edad tendrá ahora el cargador? ¿Un niño hace el papel que aquellos días hacía un niño? ¿Seguirá descalzo? ¿La abuela seguirá durmien-

340

do en el patio, tendida sobre su chal, flotando? ¿Cuán gorda se habrá vuelto Dulce, viviendo décadas con los pasteles de Luciferita? ¿Sacarán las viejas sus mecedoras a las fachadas de sus casas para ver caer la tarde? ¿Seguirán los mismos hombres enclaustrados en la panadería? ¿Existirá todavía la panadería, harán el mismo pan? ¿El lechero irá voceando su mercancía, sonando una lata vacía para llamar la atención de sus compradores? ¿Entrarán y saldrán del patio de mi casa el vendedor de miel, el que ofrece icacos, cangrejo, pejelagarto ahumado, billete de lotería, la nuez fresca, el pérsimo? ¿Para quién molerá Luciferita el café? ¿Seguirá toda la casa idéntica? ¿Habrán movido algo del cuarto de mamá? ¿Seguirá su aguamanil mirando al balcón? El cuarto de la vieja Luz, ahora de Dulce y de Luciferita, ¿olerá todavía a meados? ¿No habrá pasado Dulce a dormir a mi habitación? ¿Quién jugará con mis muñecas, o todavía me esperan sobre el estante donde las dejé, acomodadas, bien vestidas, suspirando por la niña que dejé de ser antes de abandonarlas? ¿La abuela sigue colgando a la entrada de la cocina la penca de plátanos para que madure bajo la sombra? ¿Siguen secando el café y el cacao en la terraza que da al río? ¿Cierran todavía con llave la sala? ¿Entra alguien alguna vez? ¿Las campanas se columpian perezosas, holgazanas, sin sonar el badajo nunca? ¿A quién le prepararán el desayuno los domingos las hermanitas? ¿Estará convidada mi abuela? ¿Me invitarían a comer sus delicias si voy? ¿Tendré valor para volver? No hay dónde volver, Delmira, has vuelto al único sitio que quedaba: al recuerdo.

¿Tendré valor para abandonarme por completo, para hacerme la pluma de las vidas de otros? Yo qué sé. Dudo volver a escribir una línea. Las que hay en estas páginas serán las únicas. Treinta años, Delmira, treinta años guardará el silencio.

Agradecimientos

Esta novela fue escrita con el apoyo del Sistema Nacional de Creadores de México. Otros agradecimientos son también necesarios: a la Literaturhaus de Berlín, que me acogió durante agosto de 1997. A la Initiative Liberaturpreis de Frankfurt que me alojó en Bad Homburg en noviembre de 1996, donde me comenzó a seguir los pasos esta novela. A mi abuela, por supuesto, que me cuida todavía, y con más atención, desde aquel otro lado.

Treinta años se terminó de imprimir en enero de 2003, en Encuadernación Ofgloma, S.A. Calle Rosa Blanca 12, Col. Ampliación Santiago Acahualtepec, C.P. 09600, México, D.F. Composición tipográfica: Angélica Alva Robledo. Cuidado de la edición: Ramón Córdoba y Rafael Serrano.